集英社オレンジ文庫

新米占い師はそこそこ当てる

きりしま志帆

本書は書き下ろしです。

新米占い師はそこそこ当てる

CONTENTS

新米占い師はそこそこ当てる

序章　小さな王子がお出ましになり

糸が落ちている。

細くて長い金色の糸。

足元からずっと遠くまで伸びていて、どこに終わりがあるのか分からない。

——これ、なに？

惹（ひ）きつけられるようにかがんでみると、ふと誰かの存在に気づいた。

ぴかぴかの冠（かんむり）をかぶった、金色巻き毛の男の子。

ぷっくりしたかぼちゃパンツと、腰にさげた大きなハサミは彼のトレードマークだった。

——久しぶりだね！

思わず声をかけると、彼は返事のかわりに得意げに笑って、かぼちゃのお尻をへこませながら糸の端を拾い上げた。

魔法のようにキラキラ光る繊細な糸。

彼はそれを、うやうやしく中指に結んでくれる。

──ああ、わたし誰かに出会うんだ。
確信した瞬間、彼は白い光の中に消えた。

一章　冷たい女王は図書館に消える

人を動物にたとえる話になると、萌香は決まって「キリン」と言われる。

背が高くて手足が長いのが一番の理由だ。二番目に、彫りの深い顔立ちと、長い睫毛。

そこに加えて性格も草食系寄りとなると、もう他の動物は候補にあがらないらしい。

キリン。偶蹄目キリン科。原産はアフリカ。言わずと知れた、首の長い動物である。

性格は穏やかで、見た目もなんとなくかわいらしく、のんびりした動きは見ている人をなごませる。

動物園の『好きな動物ランキング』で、一位ではないけどいつもそこそこ上位に選ばれる、という絶妙なポジションにいるのも魅力だ。

広く好かれているけれど妬まれるほど人気者ではない——なんて、素晴らしいこと。

そういう人にわたしもなりたい。

(——って思ってた。さっきまで)

萌香は蒼白になりながら、常日頃感じていたキリンに対するリスペクトが急速にうすれゆくのを自覚した。

べつにキリンが悪いわけではない。悪いのは自分である。

見かけばかりキリンキリンに似ている萌香は、どこであってもいるだけで目立つ。他のクラスメイトならスルーされるに違いないことでも、萌香がやってしまうと一瞬でバレる。分かっているのに忘れていた。

くり返す。キリンは悪くない。自分が悪い。

というわけで。

「俺の授業で寝るとはいい度胸だな、米村(よねむら)」

萌香はただ今冷や汗にまみれ、しんと静まり返ったクラス全体から大注目されている。

教卓にテキストをおろしてこちらをにらんでいるのは、「任侠(にんきょう)映画の脇役みたい」が第一印象の土屋(つちや)先生だ。見た目の期待を裏切らず、機嫌がよくても悪くてもなぜか怖くて、目が合うだけで心臓がギュッとなるタイプの人。動物でたとえるならオオカミ一択だ。

よりにもよってそんな先生の授業で、自分は寝ていた——らしい。自覚はなかった。ただ、黒板の数式とノートに書きかけていた数式がまったくべつのものだったから、そういうことだとおのずと理解し、震えている。

「すみません……」

「座ったままでゴメンナサイか。いいご身分だな」

「すみません！　──あっ！」

弾かれたように立ちあがると、衝撃でペンケースが転がり落ちた。派手な音と同時に床に散らばる定規、消しゴム、蛍光ペン……。慌てて拾おうとしたら、今度は机の角に頭をぶつけてたいそういい音がした。

「ったぁ……」

「だ、大丈夫？」

周りのクラスメイトたちが手を貸してくれるものの、恥の上塗り、いや三重塗りである。顔が発火しそうだ。いっそこのまま蒸発してしまいたい。

「せわしないな……遅くまでスマホでも見てたんだろ」

萌香のダメさに叱るタイミングを失ったのか、先生はあきれ顔になっていた。萌香は「いえ！」と真っ直ぐ背筋を伸ばし、重要なところを訂正する。

「家事をしてたら、夜中までかかってしまって」

「はあ？」

先生はおろかクラス全体にきょとんとされた。

(──あ、これ間違えた)

悟った瞬間、大波をかぶるように羞恥に襲われる。

いや、決して嘘を言ったわけではないけれども。ここは無難に『眠れなくて』などと答えていた方がいい場面だった。ピントがずれた変なやつと思われたかもしれない。

　それならまだいいけど、いい子ちゃん気取りで聞こえのいい言い訳を出してきやがった……なんて捉(とら)えられたら目も当てられない。いやもう数学の授業中に居眠りした時点でアウトか。このままクラス全員を道連れに説教タイムが始まって、それで……。

　と、脳内でネガティブな思考がぐるぐる渦(うず)を巻き始めたとき、教室の前の方でひとりの男子生徒がひょいと手をあげた。

「せんせー」

　一瞬にしてクラスの関心が移り、先生の目もそちらに吸い寄せられる。

「どうした、春野(はるの)」

「米村さんち、ばあちゃんと二人暮らしなんでいろいろあるんだと思いまーす」

　思わぬ援護射撃である。先生の不機嫌な表情が一瞬で引っこむ。

「そうか。そういえば米村のご両親は海外赴任中だったか。おばあさんと二人暮らしか……大変だな」

「いえ、そんなことは……」

　先生のまなざしが急にやさしくなるから、萌香はおおいに恐縮する。

　今この瞬間、誰もが「祖母のために献身的に家事に勤(いそ)しむ孫」という美しい絵を思い描いたに違いないけれど、その祖母は昨日はりきって三週間の海外旅行に出かけたし、ゆうべの睡眠時間が削られたのは萌香が自分でシチューを作ろうとして鍋を焦がしたからだ。

あげくの果てに授業中に居眠り。ダサすぎである。

しかしここでそれを笑いにできるスキルも度胸もない。

「米村、休むときはちゃんと休めよ。メリハリが大事だ」

「はい、すみません……」

おそらくこのクラスでは初出しだろう土屋先生のやわらかな笑顔に、後ろめたさと羞恥心で消えたくなる。

直後にチャイムが鳴ったのは天の助け。

起立・礼・着席の儀式が終わったとたん、萌香は糸が切れたように机に崩れた。


「モカちーん、さっきヤバかったねー」

「こっちまでヒヤヒヤしてたよ」

放課後、萌香が席でぐったりしていると、頭上から華やかな声が降ってきた。バッと顔を上げると、酒田真瑠莉と、小辻蘭が、それぞれ楽しそうに笑いかけてくる。

「まるるん！　蘭ちゃん！　もー、一瞬人生終わったと思ったよ！」

萌香が泣き笑いの顔で訴えると、二人は「モカちん涙目」と手を叩いて爆笑し始めた。

真瑠莉はゆるふわヘアがお似合いな白鳥風のお嬢さまだが、これでバドミントン一筋の活発なスポーツ少女。蘭も一見鶴のようなおしとやかな和風美人に見えるが、バイト先の居酒屋では大きな声を出して忙しく立ちまわる元気のいい女の子だ。

二人とも、やらかした萌香のことを遠慮なしに茶化してくれるからありがたい。たいていの失敗は周りが笑ってくれた方が救われる。

「ほんと、さっき泣きそうだったよ……」

「でもラッキーだったよ。うち、ツッチー絶対キレると思ったもん」

蘭がサラサラヘアを背中に流しながら力説すると、真瑠莉もうんうんとうなずいた。

「あたしもあれですむとは思わなかったなー。春野くんの功績だよね。ツッチーああ見えて人情派だってうちのお姉ちゃんも言ってたし、春野くんいいとこ突いたと思う」

「やりよるね、春野氏。イケメンだわ」

「ホント、感謝してます……」

二人の絶賛の声にひたすら謙虚にうなずきながら、萌香は教室の前の方で騒いでいる男子たちの輪に視線を送った。

真ん中にいるのが話題の春野翼だ。小顔で目がクリッとしていて、蘭の言うとおり、クラスではイケメンと評価されることが多い。しかし彼の場合、顔立ちはキリッとしていても全体で見るとなんとなくかわいい印象だ。レッサーパンダみたいで。

さっきは格好よく萌香の窮地を救ってくれたが、今はなにかの罰ゲームだろうか、周りの友だちに羽交い締めにされて、デコピン――しかも両手を使う強力なやつ――をされそうになって、「やめろやめろ」と騒いでいる。

彼の周りはいつもこうだ。にぎやかで、笑いが絶えない。

「小学生みたいだねー」

思わずくすりと笑ってしまうと、真瑠莉と蘭がいっせいに目を剝いた。

「モカちん感想それ⁉　ふつうあんな風にかばわれたらちょっとくらいトキメかない⁉」

「うちなら惚れるわ」

「えっ、あ、うん。すっごい感謝してるよ！　崇めるよ！」

急いで言い添えたが、二人が「神扱い！」と爆笑し始めたあたり、またリアクションを間違えたらしい。嘘でもキュンとしておくべきだったのかもしれない。

（……でも、あれだしなあ……）

横目で見ると、見事なデコピンが決まって男子たちがワッと盛りあがり、春野翼が「おまえら、いつか倍にして返す！」などと恨み言を叫びながら、その輪から逃げていた。

なんというか、ホッとはするが、キュンとはしない光景である。

「でも分かるよモカちん。春野氏わりとイケメンだけど、ちょっと物足りないよね」

「モカちんは特にね。春野くんノリいいししゃべりやすいけど、やっぱ見栄えがねー」

「え？　どういうこと？」

「身長。チビってほどじゃないけどイマイチじゃん」

「残念だよねー」

「あ、あー……アハハ」

二人が大げさにがっかりしてみせるのに、萌香は一、二拍遅れて笑った。

さすがに恩人に対して「残念だ」なんて言えるほど神経は太くない。が、「ねえ?」と問いかけてくる二人は明らかに共感を誘っている。否定するようなことなんて、それこそ口が裂けても言えない。

「そ、そのうち伸びるんじゃないかなー。まだ高一だし。――あ、スマホ鳴ってるー」

萌香はへらへら笑いながら、いいタイミングで振動したスマホを拾いあげた。

恩人をサゲず、友人たちの意見も否定しないギリギリの線からの離脱である。誰か知らないけど連絡ありがとう。心から感謝しながら手帳型のスマホケースを開いて――

「あ」

「どうしたのモカちん?」

「あ、うん、迷惑メールだった」

苦笑いで胸にスマホを押しつけながら、萌香はさりげなく二人の背中の向こうを見た。

教室の隅に避難した春野翼がスマホをいじっている。アップバングにしているせいで、額に残るデコピンの痕も眉間の縦皺も、くっきりと目立っているから面白い。教室でなければ指をさして笑うところだ。

でも、今は知らんふりしてトークアプリの画面を開き、改めて迷惑メール、、、に目を落とす。

『残念で悪かったな』

レッサーパンダのアイコンが送りつけてきた、なんとも慎ましく静かな抗議文。

萌香はひとまず、キリンが土下座するというシュールな絵面のスタンプを返しておいた。

「ごめん翼ー！」

学校帰り、萌香は半歩先をずんずん進む背中を必死になって追いかけていた。

授業中に萌香の窮地を救った大英雄・春野翼の背中である。

彼は、校門を出てから何度も呼びかけているのに、ちっとも振り返ろうとしない。

仕方がない。翼は対クラスメイト＋先生の前で萌香の名誉を守ったのに、萌香は友だち二人の前で彼の名誉を守れなかったのだ。率直に、フェアではない。彼にはへそを曲げる権利があり、また萌香には彼の機嫌をとる義務があった。

そういうわけで、萌香は必死で彼に追いつき、追い抜き、くるりとターン。

「お納めください！」

ラブレターを差し出す勢いでサッと紙パックのオレンジジュースを差し出すと、レッサーパンダ似のかわいい顔に、実にかわいくない表情が浮かんだ。

「……モノでつるなよ」

「え、いらない？」

「いる」

ケチをつけるくせにさっさと貢ぎ物を手に取りストローを突き刺す春野翼。今の今まで不機嫌な顔をしていたのに、もう「ラッキー」なんて鼻歌を歌いだしそうな顔である。

本当はさほど怒ってもいないのだ。

親切なくせにあまのじゃく。翼はそういう人である。

「ほんとね、悪かったなーって思ってるんだよ」

萌香はようやくいつもどおりの歩調に戻った翼の横に並び、調子よく笑った。

「翼だったら大きかろうが小さかろうがあの場面で同じ行動をすると思うし、わたしも助けてもらったら相手が一寸法師(いっすんぼうし)でもガリバーでも心から感謝するんだよ」

「それあいつらにも言ってやれ」

「でも十代女子のたしなみとして、友だちの意見を否定するわけにはいかなくてさー」

「そんなたしなみ俺ならソッコー丸めて捨てる」

吐き捨てた翼が、ズズズとジュースを吸いあげる。

教室ではお互いただのクラスメイトに徹しているが、実は祖母の家と彼の家がとなり同士という縁があって、お盆とお正月のたびに顔を合わせてきた仲である。翼の言うことには容赦がないし、顔には『あきれた』と太文字で書いてある。

　しかし旧知の仲だからこそ萌香も遠慮なく反論した。

「そんなの翼が人気者で、もともと知り合い多いから言えるんだよ。わたし完全アウェイで一から人間関係築いてるんだから。慎重にいかないと大変なことになる。わたし高校では失敗したくない」

「こっち来てからそればっかかな」

　また翼がストローをくわえてズズズとやった。紙パックの真ん中が大きくへこみ、萌香の心もぼこりとへこむ。しかし、この点について萌香は意見をひるがえすつもりはない。

　なにせ中学では人間関係がこじれにこじれてしまって、卒業するまでずいぶん窮屈な思いをしたのだ。

　進路を考える時期に両親の海外赴任が決まり、進学先が「外国の日本人学校」か「祖母の家から通える高校」かの二択に絞られたときはホッとしたくらいで、今、顔見知りはほぼゼロという環境下で神経を研ぎ澄ませながら名実ともにキリンになろうとしている。つまり、目立っても人に煙たがられない程度のポジションにおさまりたいのである。

　そのためならちょっとの我慢や気づかいくらい平気だ。今のところ蘭や真瑠莉と楽しく毎日を過ごせているから、これを三年間継続したいというのが現在の目標である。

「ま、自分がそれでいいならいいけど」

ストローから口を放した翼が、今度はその口で「はあ」と短い息を吐いた。

「そうやって顔色読んで周りに合わせて……そのうち素の自分忘れるんじゃ？」

「それは大丈夫。翼としゃべるときは素だから」

「――ぐ」

「どうしたの？」

「……いや、オレンジ一〇〇パーってたまにのどに刺さる感じしない？」

「あ、分かるー」

うなずきながら、萌香は鞄の中から自分用のジュースを取り出した。こちらはのどにもやさしいグレープ一〇〇パーセントだ。

もう六月も下旬で、晴れた日はくらくらするほど気温が高い。家までは長い坂道をのぼらなくてはいけないから、学校帰りは水分が恋しくなるものだ。冷たいジュースがのどを通る瞬間の心地よさに、ほっとまるい息がこぼれる。

「――それより」

花屋の前を通り過ぎたとき、翼が軽い咳払いでのどを整えながらじろりとにらんできた。

「ツッチーの授業で寝るなよ。命知らずにもほどがある」

「あっ、あれはね、寝てる意識なかったんだよ？　気づいたら寝てたみたいで！」

「寝る気満々で寝てたらむしろ怖いわ」

「だよねー。しかもわたし、夢見てたからね」

「はあ!?　そんなガチで寝てたのかよ！」

「ねー、怖いよねー」

　誤魔化すように半笑いで頭をかいてみたが、翼の目は冷たかった。

　当然だろう。土屋先生は本来導火線が短いタイプなのだ。翼の決死の初期消火がなければきっと大炎上していた。彼はまさに英雄。一年B組の平和は彼によって守られたといっても過言ではないのだが、当の本人はといえば、悪役みたいな顔をして笑うのである。

「どうせ寝不足の原因ってあれだろ？　焦げた鍋」

「ちょ――それトップシークレットだから！」

「はいはい。ＩＨに慣れてるからガスコンロの勝手が分かんなかったんでしたっけー？」

「そうそう、そういうこと」

　調子よく合わせたが、祖母が不在の間はお料理がんばる、と宣言しながらのっけから冷凍食品に頼らざるを得なくなった現実が悔しくて、ついつい登校中の翼を捕まえ愚痴をこぼしてしまった今朝の萌香である。

「てかさ、ばあちゃんが出かけてすぐその調子で大丈夫なわけ？」

「大丈夫大丈夫。煮込み系は平日やらないことにしたし、ほら、野菜炒めとかさ。ガスならではの強い火力でおいしくできそうじゃない？」

「野菜が炭になる未来が見えるんだけど」

「残念、その予知はハズレです。今日はびっくりするくらいおいしい料理ができまーす」

と、大見得を切ったところで、萌香はふと指にかすかな違和感を覚えた。見ると、抜けた髪が一本指の隙間（すきま）に絡んでいる。先ほど髪を触ったときについたのだろう。

すぐに払おうとして、しかし何かに行き当たったような気がして、思わず立ち止まる。

ざりっと、革靴の底を鳴らしながら半歩先で翼が振り返った。

「どーした？」

「うん……なんか……デジャブ？」

「は？」

翼が変な顔をしたが、萌香には確かに覚えがあった。

手か、足か、顔か。あいまいながらも身体（からだ）のどこかに何かの感触が残っている。ついさっきまで触れていたような、でもなぜか遠くにあるような、何かの――。

「あ」

「なに」

「夢にあの子が出てきた！」

鞄の紐（ひも）を握りしめながら訴えると、興味があるんだかないんだか、分かりにくい表情で翼はきき返してきた。

「誰？」

「翼も知ってるよ。──小さい男の子。冠。かぼちゃパンツ。糸。ハサミは腰にさげてた」

順に並べると、彼の小づくりの顔がこわばってくる。

「待て待て、そいつって……」

「そうだよ。《糸繰り王子》だよ！」

核心をついたら、翼がなぜか一拍遅れて「ハハハ……」と硬く笑った。


大きなハサミで人の縁を切ったり結んだりするのが、《糸繰り王子》である。

その存在を説明するのは少々難しくて、萌香は『精霊』や『妖怪』、古代神話に登場するような『神さま』に近い感覚だと思っている。

外見的にはメルヘンの登場人物のような格好をしているけれど、今のところ、どの国のどんな神話や伝承にもその存在を見つけられていなくて、記録があるのは、小六のときに作成した自由研究のノートの中だけだ。

それはたまたまその年の夏休みを祖母の家で過ごした萌香と、昔から祖母と「おとなりさん」だった翼が一緒になって始めた共同研究で、課題は『興味のある職業を調べよう』。研究対象にした職業は『占い師』だった。萌香の祖母は占い師なのである。

つまり、あの小さな王子さまは祖母に占いの答えを教えてくれる存在。本来は占いをするときに道具を通してのみ姿を見せるはずだ。

夢に見ることは――まして萌香が見ることは――まずなくて、過去にはただ一回、それこそ自由研究に励んでいた頃に見たことがあるだけだ。

「で、なんでいきなり夢に見たんだよ。しかもツッチーの授業中に。昨日ばあちゃんの商売道具でも触ったのか？」

「触ってないし、最近は思い出すこともないよ。なんで急に出てきたんだろうね。ちょっと不気味……」

再び歩き出した萌香は、より鮮明に思い出した夢の記憶に顔をしかめる。

以前《糸繰り王子》を夢に見たときは、ハサミを振り回す彼に追いかけられたのだ。ちょうど友だちと喧嘩していた時期で、縁切りの暗示と現実がリンクしていて、怖い思いをした。わりとトラウマなのである。

「でもま、結ばれたってことは出会う方だよな」

「それはそうだね」

よくある運命の赤い糸と同じ感覚だ。《糸繰り王子》が糸を結べば新しい縁ができる。切ったら今ある縁が切れる。それが祖母の対人運の読み方である。萌香も翼も、自由研究のときにそう教わったから同じ認識だ。

「近々誰かに出会うのかな。すっごいイケメンだったらどうしよう！」

「どうしてもいいけど変なやつには引っかかるなよ」

「あはは。……まー、大丈夫でしょ。どうせ夢だし」

萌香はひらりと手を振った。

縁結びを暗示した夢を見た——といっても、しょせんは夢。おみくじで大吉が出るのとかわらない感覚である。気にするくらいなら野菜炒めの具材を何にするか考える方がはるかに現実的で、有益だ。

「……見えるのに見ないふりか」

ふいに翼がつぶやいて、萌香は「え？」と彼の方を見た。一瞬目が合うも、彼は何事もなかったかのように先を見て、「また路駐だ」と短く嘆息する。

萌香も視線を高くした。すでに上の方にそれぞれの家が見えている。

二人の家は、海から安浪（やすなみ）神社へ続く長い坂道の、下からおよそ三分の二のところに並んでいる。

道路を挟んだ向かい側はガードレールを越えるとすぐ斜面で、港までの景色が一望できるなかなか良い立地。晴れている日は特に、海が輝いて見えて気持ちがいい。

そんな坂道をのぼっていって、先に見えてくるのが祖母の家だ。生垣の向こうに灰色の瓦屋根（かわらやね）がのぞく昔ながらの日本家屋で、玄関前にはツルバラのアーチがある。祖父が亡くなったあとに祖母が作り、心の慰めにしたもので、時期によっては芳醇な香りに包まれる立派なものだ。

そして、一軒先が翼の家。若草色のひさしに白抜きされた『春野ベーカリー』の文字が彼の家の目印だ。翼の家はおじいさんの代から続くベーカリーなのである。

翼が顔をしかめた路上駐車は、店の手前で起こっていた。高そうな雰囲気のする黒い車が、ぴたりと端に寄せられているのだ。

「勘弁してくれよ。また近所からクレーム来るじゃん」

「駐車場がいっぱいなんじゃない？　翼んちのパン、人気だもんね」

「うちのっていうか、さくさくメロンパンな」

翼はやや冷たくそう言った。

春野ベーカリーのさくさくメロンパンは、学校でもみんなが知っているくらい人気のパンだ。その名のとおりクッキー生地がさくさくした極上のメロンパンで、テレビで紹介されて爆発的に人気が出たけれど、逆にそればかりが売れるものだから、息子としてはあまり面白くないらしい。気持ちは分かる。萌香だってさくさくメロンパンよりエビカツサンドの方が好きである。あと明太フランスとあんパンとりんごパン――それからシンプルに食パン。とにかくなんでもおいしいから、ひととおり試してほしいと思っている。

「――って、店のなか誰もいないじゃん」

家の前までやってくると、翼がガラス張りの店内を一瞥して眉を寄せた。

確かに彼の言うとおり、店内では翼の母親がトレーを拭いているだけだ。こっちに気づいて手を振ってくれたから萌香も笑顔で応えたが、翼は完全スルーで車の方を見ている。

「……怪しくね？」

翼がつぶやき、つられて車の方を見た萌香は、思わずあごを引いてしまった。

高級そうなその車の運転席には、サングラスをかけた男が乗っている。歳の頃は、萌香の両親と同世代か、少し下くらい。がっしりした身体に——世間ではとうにクールビズが始まっているにもかかわらず——黒のスーツに黒のネクタイを着用していて、ハンドルに左手をかけたままスマートフォンに視線を注いでいる。あまりパン屋に用のありそうな人ではない。後部座席の窓が暗くて中がうかがえないから、よけい不審に見えた。

「怖……」

萌香は声をひそめた。家に入るにはあの車の真後ろを通らなくてはいけない。距離にしたらほんの数歩分だが、その数歩に怯んでしまう。

翼が歩幅を狭めながら思案げに目を細めた。

「しばらくうちで時間潰す？」

「あ……ううん、大丈夫。家に入ったらすぐ鍵かけるから」

「ん。じゃあ先に家入れ」

「うん。ありがと。じゃあね」

軽く手をあげて、萌香はタッと駆けだした。鞄をしっかりと脇に挟みこみ、腰の高さの門扉（もんぴ）を、いつもより強く押し開いた。

小さい頃から鍵っ子だった萌香は、両親にきつく言いつけられていたことがある。

家に誰もいなくても、大きい声で「ただいま」と言いなさい――ということだ。

家に子どもがひとりだと分かると、悪意ある他人がよからぬことをたくらむ可能性がある。けれど「ただいま」とひと声かけることで家に誰かがいると思わせることができる。

簡単なことだけど防犯になると、情報番組で紹介されていたらしい。

そういうわけで、萌香はツルバラのアーチを駆け抜け、玄関を開けると同時にありったけの声で叫んだ。

「ただいまー！」

当然返事はない。萌香は即座に鍵を閉めて家にあがった。

いちおう数秒その場で静止して耳をそばだてたが、人の気配はない。

細く息を吐いて、そろりと廊下に足を踏み出す。ミシッと音がした。続けて二歩三歩と進むと、誰かの足音がついてくるかのように廊下がきしんだ。古い家なのだ。

静かに畳(たたみ)敷きの居間の方に入り、縁側のガラス戸からそっと外をうかがう。
縁側に面した庭には、真正面に祖父のご自慢だったキウイの木の棚があり、その下には
テーブルと椅子(いす)のセットが、手前の端には小さなハーブ畑がある。ツルバラのアーチは左
手だ。とりあえず、どこを見ても誰かがついてきた様子はない。
安全確認終了である。
萌香はようやく肩の力を抜いて、丸いちゃぶ台の上に鞄をおろした。
「風入れたいけど、我慢かなあ……」
ふだん在宅時には縁側のガラス戸を網戸に入れ替えていることが多いが、さすがに今日
はためらわれる。仕方なくエアコンの運転ボタンを押し、それが本格的に稼働し始めるよ
りも早く、縁側の端に干しておいた洗濯物を取りこんだ。
今日は一日天気が良かったので、室内干しでもきれいに乾いている。干すときによく伸
ばしたから皺も少ない。いい感じである。
昨日——とんだ事態になることも知らず——シチューを煮込んでいる間に掃除機をかけ
たから、畳も床も塵(ちり)ひとつなく、ゆうべ残り湯を流すときに洗ったお風呂場はピカピカ。
食材もある程度買い置きしてある。
急転直下訪れた期間限定のひとり暮らしは、シチュー鍋の件をのぞけば至極順調である。
(よし、野菜炒めはキムチ味にしよう)

頭の中でてきぱきと計画を立てながら、ひとまず着替えを済ませたときだった。

玄関の呼び鈴が鳴って、萌香はびくっとした。古い家なので「キンコン」の「コン」しか鳴らない代物だ。もちろんモニターなんかついていないから玄関まで走らなくてはいけないのだが、さっきの黒い車の件がある。正直なところ腰が引けた。

(居留守使ってもいいかな……)

台所の柱にぴたりと身を寄せ怯んでいるうち、「ごめんくださーい」と声がきこえた。若い女性の声だ。あの怖そうな男の人じゃない。慌てて玄関に飛んで行き「はい」とだけ返事をすると、またはつらつとした声がきこえてくる。

「こんにちはー、薫子です。お世話になりまーす」

思いがけずフレンドリーな声である。ご近所さんだろうか。

萌香は細く引き戸を開け、改めて「はい」と返事をした。すると、「あれ?」という声とともにきりりとした女性の顔が斜めにのぞく。

前下がりのショートヘアが抜群に似合う、小さな顔の持ち主だった。黒のテーパードパンツにノーカラーの白いシャツを合わせ、タイトなグレーのジャケットを羽織っている。

足元は先の尖った黒いパンプス。肩には大きいレザーバッグ。左手首には文字盤の黒い腕時計をつけていた。年齢は二十代前半に見えるが、バリバリのキャリアウーマンの雰囲気だ。彼女は萌香を見、驚いたように目をまたたかせる。

「若い子だ。お孫ちゃん？」

「はい。……こんにちは」

萌香が警戒心を残したままあいさつすると、女性は金のフープピアスを揺らしながら「はじめましてー」と笑いかけてきた。

「あたし木津谷（きづや）薫子っていいます。おばあちゃんによく占いを頼んでます」

なるほど、祖母のお客さんだ。そうと分かるといっきに緊張がとけて、萌香はもう少し戸を開け、ぺこりと頭を下げた。

「米村萌香です。はじめまして」

「萌香ちゃん。よろしくね」

明るく笑った薫子は、改めて萌香の全身を見、華やかなため息をついた。

「おばあちゃん似だね。大きいし睫毛長ーい」

「あはは……よくキリンみたいって言われます」

「キリン！　いいねー、あたし好きだよ。あ、でもしばらく本物見てないなー」

薫子は笑った。

なんだか親しみやすい雰囲気の人だ。たまにネガティブな意味でデカいとか顔が濃いとか言われるけれど、祖母を知っているせいか彼女の言葉はすんなり耳に入ってくる。

「今日はおばあちゃんいる？　探し物を頼みに来たんだけど」

「あ、すみません。実は今留守なんです」

「そうなんだ。帰りは遅い？　時間が分かれば出直すけど」

ハキハキとした口調に少々気おされながら、萌香は「すいません」と眉尻を下げた。

「祖母は、実家に帰省してます。戻るのは三週間後で」

「帰省!?　三週間!?」

目を見開いた薫子が、「えーっ」と肩を落とした。

「おばあちゃんの実家って確か――」

「イギリスです」

「だよね！　あぁ……終わった……」

脱力した薫子がふらりと引き戸にもたれかかった。

外見は落ち着いた大人の女性に見えるけれど、意外にオーバーリアクションだ。

「えーと、よかったら予約だけでも受け付けましょうか？　祖母に伝えます」

「あー……ありがと。でも三週間後じゃ遅いんだ。そうだ、メアリさんと連絡つかない？　電話で占いとかできないかな？　電話代もつから」

「電話でもできないことはないですけど。道具がここにあるので今は無理かと……」

占い師・米村メアリは占いにスープ皿のような銀のトレーを使う。ふだんから居間の戸棚の上に飾り皿のように立てかけられている。今朝もいい感じに朝日を反射していた。

「ダメかぁ……」

ふいの思いつきでパッと表情を明るくしたかと思うと、すぐに沈んでしまう薫子。なかなか忙しい人だ。

「えーと、ちなみに何を探してるんですか？」

三週間後じゃ間に合わなくて、占いの力を借りてでも探し出したいもの。

純粋に興味があってそうきくと、

「守秘義務があるからおいそれとは言えないんだよね」

と、薫子は苦笑いした。萌香は目をぱちぱちさせる。

「守秘義務、ですか」

「そう。あたし駅前で木津谷リサーチっていう調査会社やってるの。っていっても、祖父から継いだ会社だけど」

「すごい、社長さんなんですか」

「いちおうね。でも今月ぜんっぜん依頼がなくて、今のところ売り上げゼロ。で、先週やっと一件依頼が入ったんだけど、手掛かりなくて困ってて。はあ……このままじゃ経費分マイナスだよ。どうしよ」

「うーん……」

どうとも答えられず、萌香はあいまいな笑みを浮かべた。

社長ときいて一瞬薫子のことを尊敬しかけたが、どうも経営状況はよろしくないらしい。そのうえ依頼の探し物を自力で見つけられずに占いに頼ろうとするくらいだから――祖母の腕がいいことを差し引いても――あまりちゃんとした会社ではないような気がする。

（このままふつうに帰ってくれるかな……）

なんとなく不安になったとき、廊下の奥の方から着信音がきこえてきた。

「すいません、電話がかかってきたので」

「あ、うん。いいよ、待つ待つ」

（帰らないの？）

びっくりしながらも電話が気になって、萌香は玄関の外に薫子を残して台所に走った。

電子レンジの横に放置していたスマホには翼の名前が表示されている。

さっき別れたばかりで何の用だろう。

「翼？　どうしたの？」

電話に出るなりそうたずねた萌香に、翼は「いや……」となぜか声をひそめた。

「まだあの車停まってるから、念のため確認してみろって母ちゃんが」

ああ、と萌香はうなずいた。翼の部屋は道沿いの二階だ。外の様子はよく分かるし、祖母が出発前に春野一家に「留守中孫をよろしくお願いします」と丁寧に頼んでいた。彼も彼の母親も、萌香を心配してくれているのだ。

「車、まだ停まってるんだ？」

「うん。そんで乗ってたオッサン、やっぱうちの客じゃない。こっちには来てないって」

「こっちにも来てないよ。グランマのお客さんが来てるけど、それは女の人」

「じゃあ連れじゃん。さっきその車から若い女が降りてきたって。母ちゃんが見てた」

「うそ」

思わず振り返ってしまった。

視線に気づいてにっこりする薫子。彼女はあの人の車でここまで来たんだろうか。

「どうしよ。グランマはいないって言ったんだけど、すんなり帰る感じじゃないんだよね」

いったん玄関に背を向け声をひそめると、スマホの向こうで翼が数拍黙った。

「今からそっち行くわ。その客も、家の中にはあげるなよ」

「う、うん……ありがと」

援軍が来る安心感からほっと息をついたものの、スマホをポケットにしまったときには変な動悸がしていた。

まさか薫子の会社は「今月売り上げゼロ」どころか何カ月もゼロ行進なんじゃないだろうか。あの怖そうなサングラスの人は借金取りで、逃げないように監視されているとか。よりによって祖母のいないときにそんな大変な人と関わらなきゃいけないなんて――。

悶々と考えているうち、ハッとした。

「……まさかこれ、《糸繰り王子》のお告げ……？」

人の縁を切ったり結んだりする《糸繰り王子》。

縁結びといえば一般的にポジティブなイメージを持ちがちだけれど、彼にかぎっては糸を結んだからといってそれが必ずしも良縁だというわけではない。

彼は見た目どおり幼く、いいも悪いも判断がつかないから。無邪気にとんでもない縁を運んでくる可能性もある――と、自由研究をしたときに祖母に教わった。

（どうしよう……）

台所で突っ立ったまま途方に暮れていると、急に玄関の方がにぎわい始めた。「ああ、久しぶりー」と声を弾ませているのは薫子だ。振り返ると、玄関がガラガラと大きく開き、Tシャツとスウェットに着替えた翼が我が家のようにあがりこんでくる。

いつものことだ。彼は昔から祖母のことを実の祖母のように慕っていて、祖母もまた彼を孫のようにかわいがっている。家族も同然なのだ。

「翼」

萌香は思わず駆け寄ってしまった。学校では小学生みたいに仲間とじゃれていた人でも、この状況下では一緒にいてくれるだけで心強い。

「ねえ、怖い人まだいる？」

萌香がこそこそと確認すると、翼はしかめっ面でうなずいた。

「やっぱあのオネーサンの連れっぽい」

「うん……。ねえ、翼『久しぶり』って言われてなかった？　知ってる人？」

「知ってるっていうか、顔が分かるだけ。うちの店にも何回か来たことある」

「そうなんだ」

翼も記憶している顔なら、祖母のお客というのも嘘ではなさそうだ。

「で、今どういう状況？」

きかれて、萌香はかいつまんでここまでの流れを話した。翼はふーんとうなずく。

「ようは失せ物探しを頼みに来たってことか」

「まあそうなるね。グランマいないから無理だけど」

「……無理……ね」

翼がちらりと背後に目を向ける。気づいた薫子がまばゆい笑みを見せ、翼がなぜかそれにニーッと笑って応え、かと思うと瞬間的に笑みを引っこめてこちらを向く。

「萌香やれば？」

あっさり言われて、のどの奥がごっと変な音を立てた。

「いや――え？　何言ってるの!?」

「前やってたじゃん」

「いつの話!?」

「二年前？」

「そんな正確な情報いらない――じゃなくて！　それとこれとはべつっていうか！」

「《糸繰り王子》が現れたんだろ？　向こうも萌香に会いたくなったんじゃないの」

「いやそんな友だちみたいな」

「あ、お姉さーん。ばあちゃんのかわりにこいつが占います。縁側の方にどーぞ」

　萌香の反論は丸ごと無視。翼は玄関の薫子に右手を指し示した。思わず翼の服を摑んで止めたが、もう遅い。引き戸に手をかけていた薫子が、目をまん丸に開けている。

「萌香ちゃんも占いできるの⁉」

「いえ！　無理――無理です！　ちょっと、やめてよ翼！」

「なんで。そこそこ当ててたじゃん」

　泡食う萌香に翼がひょうひょうと言ってのけると、薫子は大きな打ち上げ花火に感動するみたいにぱあっと顔を輝かせた。

「やっぱりできるんじゃない。すごーい」

「いやいやいやいや」

　萌香は全力で首を振る。

　確かに自由研究に励んだあの夏、興味本位で祖母の占い道具を持ちだし、見よう見まねで占いをやってみたことがある。そして翼には見えないものを見、答えを授かった。その後も何度かやってみたことがある。

でも、二年前にきっぱりやめた。

そっちの世界は祖母の領域で、自分が安易に触れてはいけない。痛いほど分かったし、もう明確に線を引いた。

最後にやった占いが大失敗で、そうとうこたえたのだ。

「うん——そう。無理です。絶対無理！」

蘇りかけた苦い記憶を慌てて奥の方へ押し戻し、両足で踏ん張るようにしてそう宣言すると、少々大声過ぎたのか変にしんとしてしまった。

翼が、あてつけるように嘆息する。

「……なんでこういうときは空気読まないかなー」

「なにその言い方ー」

よそを向いて嫌味を言う翼を、萌香はじろっとにらみつける。

「べつに空気読むとかいう問題じゃないよ。わたしの占いなんてごっこ遊びなんだから。グランマみたいにちゃんとした相談を受けていいわけがないよ。お料理上手な人でも許可をとらずにお店やったらダメじゃん。それと一緒」

「べつに占いやるのに資格も免許もいらないだろー」

「それはへ理屈」

「どっちが。やり方知ってんだから、とりあえずやってみればいいじゃん」

「とりあえずなんて無責任なことできないよー！」

「――はいはい、ストップ。喧嘩はダメ」

柏手(かしわで)を打つように、玄関にいい音が響いた。

「いったん落ち着こう、少年少女。そして双方の主張をきこうじゃない？」

薫子がピアスを揺らして二人に順に笑いかけてくる。

そして萌香が不服ながらもあごを引き、翼がそっぽを向いて襟足(えりあし)をかき乱すと、薫子は満足そうにうなずき、まずは翼の方に目を向けた。

「少年は萌香ちゃんをお薦めしてくれるんだね？」

「そうっすね。ガチで当てることはまずないけど。そこそこ当ててきますよ」

「だからそういうこと無責任に――」

「ああ萌香ちゃん、分かった。あなたは真面目(まじめ)なんだね。自分は本職じゃないから軽々しく占いをやっちゃいけないって、そういう考えを持ってるんでしょう？」

「そう、そうです！」

萌香は声を高くした。すんなり理解してくれるあたり、さすが大人だ。翼も見習ってよね、と目で訴えると、正確にそれを読み取ったらしい、翼は面白くなさそうに顔を歪(ゆが)めた。

薫子は、そんな言葉にならないやりとりさえも見透かしたようだ。小さくふきだした。

「オッケー、二人の主張はよく分かった。じゃあ今度はあたしの話をきいてくれる？」

言い聞かせるように、彼女は萌香と翼を順々に見る。

萌香は一度翼と目を見かわし、同時にうなずいた。こっちの話をきいてもらったんだから、向こうの話もきくのが筋。そのあたりの価値観は同じだ。

薫子はうなずき、先生みたいに肩をそびやかせた。

「あたしはね、今日ダメ元で来てるの。なんでかって言うと、メアリさんって最近ピンポイントで答えが出るような、透視っぽい占いはあまりやらないでしょ？」

「え？　きいたことないです」

「あたしは前に一度断られてるよ」

「そうなんですか？　できないわけじゃないと思うんですけど」

やり方は萌香も知っているくらいだ、祖母も当然失せ物探しの占いはできる。

でも祖母の元を訪れるお客に、人生相談とか恋愛相談とか、「悩みをきいてほしい」というタイプの人が多いのは確かだ。萌香が直接きいたことがないだけで、祖母の中でも得手不得手があるのかもしれない。

薫子は赤いくちびるを開いて続けた。

「たとえば今日メアリさんがいても、たぶん断られたと思うのね。でもやっぱりこうしてここまで来たのは、あたしが本当に困ってるから。個人的に」

「個人的に？　探し物って、お仕事だったんじゃないんですか？」

「仕事は仕事なんだけどね。さっき言ったでしょ。今回の件が今月一件目の依頼だって」

「はい」

「うちの会社ね、一回でも月間売上ゼロを叩いたら事務所は即撤収、あたしはうんと年上の男に差し出されて嫁という名の家政婦に転職する――っていう契約があるの」

「へっ……」

翼と声が重なった。

まわりくどい言い方だけど、要するに「売上がなかったら廃業して年上の男と結婚する」ということだ。今どきドラマでも見かけないような突飛な話。

翼も同じように感じたらしい。ハハ……と笑って、

「そんなメチャクチャな話あるんすか。時代劇じゃあるまいし」

「それがあるんだよー。おもてに黒塗りの車停まってたでしょ？　運転してるあの人、あたしのこと監視してる」

思わず翼と二人して顔を見合わせた。あの反クールビズを全身で主張しているような、サングラスの人のことだろう。その正体は取り立て屋か、類似の怖い業界の人？　いずれにしても突飛な話に妙な現実味が加わることは間違いない。自分のことでもないのに心臓から穏やかでない音がする。

「あの、それ、法律的にいろいろ問題があるんじゃないですか」

「あっても、その条件がついてるからこそ事務所の家賃が半額ですんでるから。今までの差額分払えって言われてもとうてい無理」

薫子は語尾に合わせて豪快に手を払った。

なんとも潔い態度だ。けれど褒めていいとも思えない。

「つまりね」

萌香の困惑をよそに、薫子がやたら男前に胸を張った。

「ダメ元でもなんでも、やらなきゃすまないところまできてるの、あたし」

「はあ……」

「だからごっこ遊びでもなんでもかまわないの」

「ん？」

「藁にだってすがれるんだから、萌香ちゃんにも全力ですがりたい」

「――え？　なんか流れおかしくないですか？」

「お願い、萌香ちゃん。占いやって」

結局行きつく先はそこだった。

今の今まで演説する政治家みたいに堂々としていたのに、薫子は急に乙女の目をしてこちらを見つめてくる。

「オッサンと結婚とか、オネーサンかわいそー」

翼がボソッとつぶやく。言うほど同情するような顔はしていないのに、「ありがとう、少年」と薫子がまぶしい笑顔で感謝するから形勢はあっという間に窮地だ。

「あの。でも、本当に、わたし、もう何年も占いやってないんです……」

「ダメで元々だから、やってダメでもオッケーだよ」

「でも、はずれるかもしれないです」

「ダメ元だからなんでもオッケー」

「探し物が宇宙にあるとか出たら……？」

「それが答えならそれでもオッケー」

「どんな結果でもオッケーですか」

「オッケーだよ」

薫子は一ミリもブレない笑顔で言いきった。

崖(がけ)っぷちでものすごく無謀なことをしようとしているのにもかかわらず、この笑顔。どれだけハートが強いんだろう。切り立った崖の上で咆哮(ほうこう)するライオンのようだ。キリンを目指す自分とは生き方が違いすぎてもはや何も言葉が出ない。

「……観念すれば？」

ちょっと前からひとりで笑っていた翼が、肘(ひじ)でこづいてきた。

「意地張って断っても、どうせあとから断ったこと気にするんじゃん」

にくたらしいことに見事なドヤ顔である。

言っていることがあながち間違いでないから悔しくて、さらに「萌香って根はいいやつだもんなー」なんて、こんなときだけいい笑顔をするから、本当に春野翼はたちが悪い。

萌香は「はあ……」と肩から息をついた。そろりと視線をあげる。

「正直、質はぜんぜん保証できませんけど……」

みっともないほど全力の予防線である。

ふつうの人なら確実に期待値を下げるだろう自信のなさだというのに、薫子はといえば宣言どおりに「オッケー」と、たいへん男前な態度で応えたのだった。


祖母の占いは、道具を使って知りたいことをたずねて答えをもらう卜占（ぼくせん）のスタイルだ。姓名判断や星占いのように相手の個人情報は必要ではないし、手相占いや人相占いみたいに姿かたちもなんら答えに影響しない。その場で偶発的に出たものを読み取っていく、タロット占いや易占（えきせん）と同じジャンル。でも、萌香は祖母と同じようなやり方をする占い師を他に知らない。イギリスにいる祖母の親類の中には、同じ占いができる人が何人かいるようだけど。

それはともかく、占いに使用するのはスープ皿のように少しくぼんだ銀のトレーだ。ふだんは銀盤と呼んでいる。そこに水を満たして知りたいことをたずねると、水面に答えが映し出されるのだ。よくある水晶玉での占いを、銀盤でするようなイメージである。

そしてこの占いで答えをくれるのが、それぞれに得意分野を持った《王族たち》。

人の縁を切ったり結んだりする《糸繰り王子》が当然対人運を占うのに向いているように、恋愛運にしろ勝負運にしろ健康運にしろ、得意分野を持っている人物がいるのだ。

彼らが何者なのかは分からない。どこにいるのかも分からない。ただ、みんながみんな王冠だったりティアラだったりを身に着けているので、祖母は彼らを《王族たち》と呼び、萌香はそれを「そういうものだ」と受け入れている。

(失せ物探しとなると……あの人だよね)

薫子が縁側に回ってきて、翼がてきぱきと座布団など運んでいる間、萌香は戸棚にしまってあるブリキ缶を開けて中のカードをざっと流し見た。

これは占いの道具ではなく、祖母が自分で見たことのある《王族たち》を自ら絵にしたものだ。色はやや褪めてしまっているけれど、欧風の絵本の挿絵のようで、萌香はとても気に入っている。

「あった」

目的のカードは、《糸繰り王子》の無邪気な笑顔の下にあった。彼の太陽のような明るさとは真逆で、月のように静かな横顔。ハッとするほどきれいなのに冷たい印象のする彼女は、《夜の女王》という。失せ物探しが得意分野だ。祖母が言うには、彼女は嫉妬の数だけものを隠してしまうらしい。隠してばかりいる分、見つけるのも得意というわけだ。

（……できるかな……）

《夜の女王》の横顔を眺めていると、ふと不安がよぎった。

いちおう占いに関する知識は残っているが、二年のブランクがある。当たりはずれ以前に、きちんと占いとして成り立つかどうかも怪しい。

「萌香ちゃんはカードも使うの？」

「あ、いえ。ただのイメトレです」

薫子の声で我に返って、萌香はいそいそとカードをブリキの缶に戻した。

縁側にはすでに舞台が整っている。ふだんは居間で使っている丸いちゃぶ台が鎮座していて、ご丁寧に紫色の風呂敷がテーブルクロスのように掛けられていた。

真ん中には鈍く光を弾く銀盤。抜かりなく水差しまで準備されている。

翼の準備は完璧だ。さすがにここまでくると逃げ腰ではいられない。

薫子が先に座り、萌香も向かいに正座した。こうして銀盤を挟んで誰かと向き合うのは久しぶりで、萌香はそわそわと座布団の上で足の裏の上下を入れ替える。

「じゃあ、やってみます。いちおう……」

「俺も見学しててていいっすか。俺にはお告げ的なものは見えないけど、何か手伝えるかも」

「どうぞ。依頼人の個人情報は出ないし。あたしはかまわないよ」

薫子が許可したので、翼は縁側と続きになっている居間の方に移動し、畳の上で胡坐をかいた。わざわざ視界に入らないところまで下がったのはたぶん彼なりに計算してのことだ。動きが助手めいているのは、彼が過去にそれだけ萌香の「ごっこ遊び」に付き合ってきた証拠でもある。

まあ、いてくれるのは心強いからいいのだけど。

「えっと、ひとまず探し物から……何を探してるんですか」

たどたどしく質問すると、薫子は落ち着いてこう答えた。

「メインクーンだよ」

萌香は目をぱちくりとさせる。

「ジャガイモ？　ですか？」

「違う違う、猫だよ。こういう子」

すかさずスマホが差し出された。画面には、ふくよかな中年女性に抱かれた猫の写真が表示されている。黒の縞模様が入った茶系の猫だ。毛が長く、顔はエラが張ったような形。瞳は金色で、大きな三角形の耳をしていた。画像を見るかぎり首輪はしていない。

「猫……」

まじまじと画像を見、「かわいい」より先に「しまった」と思う自分がいた。

探し物としてはかなり――もう困ってしまうくらい、ハードルが高い。

「迷子ってことですよね……？」

「そう。東町の方でいなくなったの。名前はロビンソン。三歳のオス。やんちゃ盛りで、好奇心旺盛。引っ越しの荷造りでバタバタしてる隙に逃げちゃったみたい」

「引っ越し……。あ、だから三週間後じゃ間に合わないんですか」

「そういうこと。依頼主は七月に入ってすぐ遠くに引っ越しちゃうから、それまでに見つけてあげないと二度と会えない可能性があるんだよね」

高いハードルがさらに上がって、胃のあたりがズンと重くなった。

もう六月も下旬だ。七月まで一週間を切っている。

「それは……もうペット探偵に頼んだ方がいいんじゃないですか……？　ドキュメンタリー見たことあります。知識も豊富で実績もあるって……」

「でもこの辺にはいないよ」

「……ですね……」

この三加賀の街は萌香が育った町ほど大きくはない。駅に商業ビルはついていないし、ファミレスの選択肢も多くなく、休日の買い物といえば郊外のショッピングモール一択。

商店街にはたくさんのシャッターと、時代にとり残された店がひっそり佇んでいて、たまにおしゃれなカフェができていると思ったら一年後にはなくなっていたりする。そのくせ、コンビニとドラッグストアだけはやたら充実している。

そんな、決定的な田舎ではないが都会とも言い難い街に、ペット専門の探偵業者がいるか――いなくても出張してくれるか――と考えると、望みはうすい。

「そんな深刻に考えなくてもいいよ。メアリさんに占いを頼むときも、一カ月先の天気予報をきくくらいの気持ちで来てるから、あたし」

ついつい消極的になってしまう萌香を見抜いたのか、薫子がからからと笑った。

本当に彼女はおおらかというか、おおざっぱというか。少なくとも、細かい性格ではなさそうだ。仮にはずしてしまっても、本気で「オッケーオッケー」と言ってくれそうだ。

上がりきっていたハードルがやや下がって、ようやく前向きな気持ちが芽生えてくる。

「じゃあ、やります」

宣言し、水差しから銀盤のくぼんだところに、ゆっくりと水を注いだ。

水差しは真鍮製の口の細いものだけれど、使い勝手がいいというだけで特別なものではない。水も汲み置きのものを使うという点以外はこれも特別ではない。

ただ、占う側の落ち着いた心と誠実な態度だけは欠かせないものだ。

特に《夜の女王》は気難しい性格だ。慎みを持ってたずねなければ、誇り高い彼女は振り向いてもくれない――。

祖母から教わったことを丁寧に思い出しながら、萌香は深呼吸をくり返して水面が凪ぐのを待つ。猫の写真を見、《夜の女王》のイメージをふくらませ、いよいよ波紋が消えた瞬間、銀盤に向かって心の声で呼びかける。

――《夜の女王》、教えて。

反応は、思いがけず早くあった。凪いだはずの水面にさざ波が立ち、ふいにゆらりと大きく歪んだのだ。

来る。

直感して息を呑めば、再び水面が凪ぎ、まるでスクリーンに映画が映し出されるかのように、冷たい印象のする美しい横顔が現れる。

長い髪を彩る繊細なティアラ。伏せがちな目。《夜の女王》だ。祖母が描いた絵のとおり、装飾のない藍色のドレスをまとい、引きずるほど長い紫のマントを羽織っている。

――久しぶり。

わきあがるような懐かしさに感情を動かされ、萌香はそう声をかけた。昔、はじめて占いに挑んだときも、実は《夜の女王》の手を借りたのだ。

しかし《夜の女王》は冷ややかに一瞥をくれるだけ。そういう人なのである。自ら馴れ合うこともなければ人を近づけることもない。むしろこちらが下手を打てば突き放される。

そうならないように気持ちを引き締めて、萌香は慎重に問いかけた。

――ロビンソンの居場所が知りたいんです。教えてください。

たずねると、《夜の女王》は思案げに瞼(まぶた)をおろし、一転、紫のマントをひらりと優雅にひるがえした。

まるでシャッターを切ったように、パッと場面が切り替わる。《夜の女王》にかわって水面に映し出されたのは、洋風の建物だ。

レトロな雰囲気で、どこかの文化財に指定されていそうな雰囲気。正面に金色の取っ手がついた大きい扉があって、その真上には丸い窓。屋根の上には黒い風見鶏(かざみどり)が立っている。

「具体的だな」

翼がつぶやいたのがきこえた。萌香には自覚がなかったが、見えたものを声に出していたらしい。

しかし萌香は彼の声には反応せず、銀盤の底に集中する。見えているものすべてを拾いたいのだ。煉瓦(れんが)っぽい赤い壁や、壁よりも少しくすんだ色合いの三角の屋根。窓から見えるレースのカーテン。出窓の柵の形まで。

――と、細部まで観察しているうちに唐突に場面が切り替わった。

今度の建物は全容が見えない。ただ、自動ドアの前に《夜の女王》が佇んでいる。

いざなうようにこちらに視線をよこす《夜の女王》。ガラスの扉が開き、彼女が裾(すそ)を引きずりながら入っていったのは――。

「……図書館……？」

つぶやいた瞬間、見えていた景色がぐにゃりと歪み、一瞬にして渦を巻いて消えた。

ゆっくりとまばたきしてみたが、銀盤の底はもうただのつるりとした金属でしかない。

「……終わった……」

肩から力が抜ける。

知らない間に息を詰めていたらしい。呼吸が浅くなっていた。なんだか、触れられないはずのものを必死に握りしめていたような感覚がして、少し疲労を感じる。

「すごい……メアリさんとまるで同じ」

向かいで薫子がしみじみと感心していた。

しかし萌香は、小さく首を横に振る。有名ではないが確実に顧客の信頼を得ている祖母と、おっかなびっくり占いに手を出す萌香が同じであるはずがない。

でも、萌香自身これほどしっかり見えるとは思わなかった。

なにせ占いに挑むのは久しぶりで――もちろん《王族たち》の存在を忘れたわけではなかったけれど――意識的に距離を置いていた。萌香の方こそ彼らに忘れられていてもおかしくなかったのに。

（ちゃんと見えた……応えてくれた……）

その事実に、少なくない驚きと感動がある。

「あ……そうだ、忘れないうちにメモしなきゃ」

「もう書いた」

急に思い立った萌香の横から、翼が手を出しちゃぶ台の上にメモをすべらせた。

「ブツブツ言ってたことは全部書いたけど。足りてる？」

「ありがと。……うん。だいたいこんな感じ。でもわたしそんなにブツブツ言ってた？」

「言ってた」

大真面目に肯定された。自覚がないだけになんだか恥ずかしいが、メモには確かに萌香が見たものが書き留められている。風見鶏の洋館の詳しい外観。それに図書館。

「少年、優秀な助手だね」

薫子がおかしそうにメモを拾い、睫毛を上げ下げしながら隅々まで内容を確認した。

「図書館と風見鶏の洋館……か。図書館はともかく、洋館はこの辺じゃ見かけないね。猫の移動できる範囲なんかたかが知れてると思ってたけど……」

「洋風の家ならありますけどね。風見鶏が立ってるようなガチの洋館はないっすね」

少なくとも自分よりはこのあたりの地理に詳しい二人がそろって顔をくもらせると、たちまち自信がなくなってくる。

しかし確か、このあたりは外国との交易が盛んだったという歴史があるわけではない。

レトロな洋館があるなら目立つだろうし、風見鶏だって、あればフォトスポットとして有名になっているはずだ。

「でもレアってことは逆に特定はしやすいよね」

ひっそり落ちこむ萌香の心を知ってか知らずか、薫子がポジティブに言った。

「とりあえずは……手っ取り早く図書館から当たってみようかな。迷い猫のポスターとか、ありそうじゃない？」

「信じるんですか」

萌香は思わずきいてしまった。

占いをやって、答えが出ても、それが当たるかどうかはまたべつの問題。ましてそれですべてがうまくいくとはかぎらない。萌香はそれを、経験としてよく知っている。当たるも八卦当たらぬも八卦なんてレベルでなく――心に傷を負うレベルで。

萌香のあまりに真剣な様子に、薫子がぷはっとふきだし、翼に目を向けた。

「この占い師さん面白いね、少年」

「すいません、雰囲気ゼロで」

「いいんじゃない？　謙虚な占いって新鮮。あ、これお代ね。ありがと、萌香ちゃん」

「え？　――ええっ？」

軽く笑い飛ばされた上に茶封筒をひょいと渡され、萌香は仰天してつい封筒をお手玉してしまった。勢いそのまま薫子に突き返す。

「もらえませんよ！　お代とか！」

「え、なんで」

こちらがびっくりするほどびっくりした顔で、薫子はきき返してきた。

「だってわたしグランマじゃないし。当たるかどうかも分からないのに」

「でもあたしはあなたの技術を借りたし、あなたの時間をもらった。対価は必要だよ？」

当たり前の顔で説明されたが、萌香には薫子の言うことこそ理解できない。

お年玉やおこづかいでもなく、ましてよく知らない人からお金をもらうなんて、絶対にダメ。そういう家に育っている。

「もらえばいいじゃん」

「ダメだよ」

口を挟む翼をピシッと牽制して、「もらえないものはもらえません」と、膝の上にきっちり手をそろえて宣言する。

「……そっか」

根負けしたのか、拍子抜けしたのか、薫子が肩から力を抜いた。ふと表情がやわらぐ。

「本当に真面目な子だね。さすがメアリさんのお孫ちゃん」

「いえ、ふつうです。ふつうですよね？」

「うん、そうだね。じゃあ……こうしよう。無事にロビンソンが見つかったら、あなたはこれを受け取る。成功報酬だよ。それならいいでしょ？」

「えっ」

「もらったときは『ゲンコツ亭』のラーメン奢って。助手代」

横で図々しいことを言う翼をにらみつける。その隙に「じゃあそれで」と話をまとめて、薫子が立ちあがった。

「見つかったらすぐ連絡するから。そのときはこれ、萌香ちゃん絶対もらってね」

反論するひまもなかった。薫子はバッグをひょいとかついで、颯爽とツルバラのアーチを抜けていく。

その堂々とした足さばき。自信にあふれた表情。

とても追い詰められた人には見えなくて、萌香はほんの少し、彼女のことがうらやましくなる。

あんな風に生きられたら、たぶん世界の色が違って見えるんだろう。

占い師・米村メアリは、占いをするとき、人の心が前向きになれるように気をつけていると言っていた。

いい結果が出たらその人が最大限輝けるように。悪い結果が出ても逆境に立ち向かう心を持てるように。言葉を選んで伝えているのだという。

でも、それはあくまで気持ちで解決できる問題だけだ。

失せ物探しにかぎっては、見つかるか、見つからないかの二択である。

シンプルでかつ、シビア。

「連絡来ない……」

放課後、萌香はスマホの着信履歴をひと眺めし、がっくりと首を折った。

薫子の突然の来訪から三日後である。

いつでも朗報を受け取れるように家の固定電話への入電をスマホに転送するようにしてみたが、授業終わりに確認した今、残っているのはセールスと思しきフリーダイヤルからの着信履歴だけ。吉報が届く気配もない。

「まだ探してるのかな……」

だばだばと重たい雨が降る窓の外を眺めながら、地を這うようなため息をつく。

久しぶりに占いをやってうまく見えたからホッとしていたけれど、結局ははずれていたのかもしれない。

（図書館はともかく、風見鶏の洋館は情報すら出てこないし……）

今度はスマホの検索履歴を眺めてため息である。

今どき地名とキーワードを入れればどんなコアなスポットでも検索に引っかかってくるはずだけれど、三加賀の街と風見鶏の組み合わせで検索したら、当たり前のようにどちらかのワードを無視した検索結果が表示される。

風見鶏を洋館に入れ替えて検索しても、「羊羹じゃありませんか？」と、勝手に検索し直されて、港のそばにある『木倉桟橋堂』の栗羊羹に関する星多めの評価が並ぶだけだった。

（グランマにちゃんと相談すればよかった……）

先日メールで薫子が訪ねてきたことは報告したものの、勝手に道具を持ちだして占いをやったことは言えずじまいだった萌香である。べつにそれを咎められることも、褒められることもないと思うけれども、今さら「実は……」なんて言いにくい。

『カオルちゃんは素敵な人ですよ』

祖母の返信メールに書かれていた薫子の評価を思い出す。

祖母こと米村メアリは、数ある日本語の中で『素敵』という言葉を特別価値のあるものに対して使う傾向がある。つまり、祖母は薫子のことをかなり気に入っているということだ。萌香自身も薫子は粘着質なタイプではなさそうだと思うし、占いをはずしたところで文句を言ってくるとは思えないけれど、それはそれ、これはこれ。いくらダメ元だと念を押されても、「あとは知らない」なんて無責任ではいられない。

「んー……」

「どうしたのー、モカちん。スマホ見つめて」

考えこんでいると、背後から真瑠莉が声をかけてきた。蘭も一緒だ。鞄の紐を肩にずり上げて、「さては彼氏できたな」とつついてくる。萌香は慌てて首を振った。

「違うよ！　えーと、テスト！　テストがヤバいと思って！」

かなり挙動不審になりながらそう答えた。真瑠莉にも蘭にも、他のクラスメイトの誰にも、占いのことは話していないのだ。占いができるなんて知れた日には「じゃあやって」となるに決まっているから、この先も話すつもりはない。

「テストって、英語？」

机の上に広げたままのノートに目を留め、蘭が不思議そうにする。

「モカちん、英語はおばあちゃんに習えるから完璧でしょ？」

「そうそう。教わり放題じゃん。あたしも教わりたーい」

「それは違うよ……ぜんぜん教えてもらえないよ……」

唐突に厳しい現実を思い出し、萌香は遠い目をした。

萌香は顔立ちが祖母に似ているせいで「英語を話せて当然」と思われるふしがあるのだが、その実力は完全に教科書レベルだ。祖母が「外国語よりも先に日本語をきちんと学びなさい」と言う人だから。

二十歳で日本に渡ってきた英国淑女にとって、ひらがな・カタカナ・漢字を巧みに使い分ける日本語は「人の言語能力の限界に挑むもの」らしい。

日常生活でまず使うことのない古文ですら学びの多い学問と主張して譲らないのだからだいぶ思考が偏っているような気はするけれど、自分は英会話教室で非常勤講師をしているのに孫には英語教育は行わず、それどころか英国発祥の物語すら日本語訳で読ませるんだから、たまに祖母は母国に恨みでもあるのではないかと疑ってしまう。

今度の帰省だって、二十数年ぶりだという話だ。

誰かが亡くなったのだったか、はたまたよく祖母の話に登場する、姪にお祝い事でもあったのか。期間限定のひとり暮らしにすっかり舞いあがっていて、そういえば帰省の目的もはっきりききかずじまいだった。

「モカちん、そんな心配なら図書館行けば?」

考えているうち、真瑠莉が言った。

「え……図書館?」

「二階に自習室できたんだって。静かだし涼しいし、集中できるって彼氏が言ってた」

「いいね。うちもバイト休みだったら行きたいわ。モカちん、行ってみれば?」

蘭もたきつけてきて、萌香は「うん……」と生返事をした。

正直なところ、勉強は日頃からコツコツやっているから試験前でもさほど焦ってはいない。しかし「図書館」のワードには無関心でいられない。

この街に越してきて三カ月。祖母の家がわりとはずれの方にあることと、急ぎの用事がなかったこともあって、図書館にはまだ行ったことがなかったのだ。

もしも《夜の女王》が見せた図書館と実際の図書館がぴたりと重なるようなら、ダメ元の占いにも少しは期待できるかもしれない。

萌香は顔を上げた。

「ありがと、二人とも。行ってみる！」

萌香の決意の表情に、二人はおーっと手を叩いて送り出してくれた。


雨に洗われる街を眺めながら、萌香はさっそく図書館まで移動した。

この大雨と距離を考えたら絶対バスを使うべきだと真瑠莉たちが主張するから、素直に従ったのだ。正解だった。停留所は図書館の目の前だったのに、歩道をつっきるだけでもう身体のあちこちが冷たく濡れている。

帰るのは雨が弱まってからにしよう。

ラベンダー色の傘をたたみながら、萌香は周辺を見回した。

図書館は、味気ない真四角の、いかにも公共施設といった古い建物で、悪天候と平日の夕方ということもあってか来館者は多くないようだった。鍵付きの傘立ては空きが目立っている。

萌香は「何かヒントが見つかりますように」とひそかに手を合わせ、雄々しく顔を上げて自動ドアを抜けた。

雨の日特有の湿っぽいにおいを感じながら、まずは広々としたエントランスをひと眺め。

どうも複合施設のようで、右に図書館、左に子育て支援センターの案内が出ていた。エントランスの奥の方では何かの展示会が催されているようだ。衝立でブースが作られ、作品が飾りつけられている。

「とりあえず、図書館の方……」

表示に従って真っ直ぐ図書館に向かう。通行の邪魔にならないところに立ち止まって、自動ドアのあたりを観察してみた。

（……やっぱり違う?）

銀盤の底で《夜の女王》が消えた場所とは少し様子が違うように思えた。

といっても、占いはいつも欲しい答えがそのままずばりと見えるわけではない。類似の何かが暗示されることだってある。

多少のズレは誤差の範囲。ポジティブにそう考え、今度はエントランスをひと回りしてみる。こういう公共施設ならお知らせを出すスペースが必ずあると思ったのだ。

案の定、正面玄関の脇にポスターが並んでいて、萌香はすぐさまそちらに向かい、ざっと右から左に視線を走らせた。夏祭りの告知。図書館だより。火災予防の啓発ポスター。いろいろと貼られているが、迷い猫の情報はない。

ならばと子育て支援センターの方も確認してみた。大判のポスターよりもA４サイズの貼り紙が多いのが遠目に分かって、一直線に走る。すぐに猫の写真に気づいた。毛の長い茶色い猫。『迷い猫』の大きな文字に思わず「わ」と声が出て、掲示板に張りつく。

しかし、よく見ると下に『探しています』の文字が入っていた。

（そうだよね……『保護してます』って貼り紙はあまりやんないよね……）

一瞬期待した分大きく落胆しながら、すごすごと掲示板の前を離れる。

まさか公共施設で猫を保護しているということもないだろう。

となると、自然「無駄足」という言葉が頭の端で揺れ始める。

（……あれは図書館じゃなかったのかな……）

エントランスの中央に立ち、改めて、図書館内に続く自動ドアのあたりを眺めてみた。

銀盤の底で《夜の女王》がいた場所には、「ひとりでに開くガラスの扉」と「ずらりと並ぶ本」があった。あれを書店ではなく図書館だと思ったのは、公共施設らしい堅い雰囲気を感じたからだ。あれは書店ではない。そして自動ドアだから学校の図書室でもない。

（ああ、でも図書館はここだけじゃないか……）

都道府県に市区町村、大学なんかの教育機関まで加えたら、どれだけの図書館があるか。

それに、風見鶏の洋館のこともある。あれはどう関係するのか。

「こんにちは」

外の雨音をききながら考えこんでいるうちに、後ろから声をかけられた。ストールを巻いた、祖母より少し若いくらいの女性だ。こんにちは、と、萌香が反射的にあいさつを返すと、彼女はうれしそうに手のひらを横に差し出した。

「よかったら見ていきませんか？　あっちで市民講座の作品展をやってるんです。タペストリーとかミニチュアとか、かわいいものもありますよ」

「あ、はい。ありがとうございます」

差し出されたチラシを、これも反射的に受け取ってしまった。押しに弱いのである。そして、情に流されやすい。展示会の一帯にひと気がないことと、女性の寂しげな瞳に気づいたら、立ち寄らないわけにはいかなくなる。

（うーん……ま、無料だし。まだ雨強いし。どうせ帰ってもひとりだし……）

前向きに言い訳しながら、萌香は展示ブースに足を向けた。ここでの時間を無駄足に終わらせないためには、芸術鑑賞も悪くない。そういうことにしておく。

しかしいざ展示ブースに入ってみると、なんだか不思議な感覚がした。

入り口すぐのところにレース編みのドレスを着たキューピー人形が並んでいて、となりにはビーズで編まれた薔薇（ばら）の花。向かいに竹細工があると思ったら、中央付近にはパッチワークや草木染っぽいストールが飾られている。やたらフリーダムな展示会なのである。

衝立でコの字になった奥の方には、焼き物や木工などの大物も見て取れる。神楽で使いそうな木彫りのお面まであるから、作品に統一感がなさすぎて逆に面白いという具合だ。

（いろんな講座があるんだなー）

そんなことを考えながら、ほどほど熱心に見、ほどほど流し見、ブースの半分あたりに来たときだった。

掲示板の前に人の姿があることに気づいて、萌香は思わず目を凝らした。なんとなく見覚えのある顔に思えたのだ。

（誰だっけ……）

ふっくらした体型の、中年女性だ。パーマをかけた肩までの髪が、フレアスカートのように横に広がっている。

会ったことのある人ではない。話したこともない。でも見覚えはある。確実に。

必死に考えていると、女性は掲示板を隅々まで確認したあとで肩を落とし、エントランスを出ていった。その後ろ姿に――いや、彼女が背負った大きなリュックのデザインに、萌香はハッとする。黒地に大胆にプリントされた、白い猫のシルエット。

（あの人ロビンソンの飼い主だ）

思いつくなり展示会のスタッフの女性に「また来ます」と声をかけ、ブースを飛び出す。

すでに自動ドアを抜けていたロビンソンの飼い主は、玄関先の屋根の下でリュックの上から紺色の合羽を着こんでいた。足元は黒いレインブーツ。フードをしっかり前におろしたら、豪雨に怯むことなく屋根の外へ出ていく。そうしてどこかへ行くのかといえばそうでもない。建物の脇の植えこみをのぞきこむのだ。

「ロビン——ロビン」

萌香も外に出ると、激しい雨音に混じって彼女の声がきこえた。たわんだような、弱々しい声だった。追いかけてきたくせに声をかけることもできず傘立ての横で立ち尽くしていると、萌香の視線に気づいた彼女がパッと近づいてくる。

「すみません。猫を探してるんです。見かけたときには教えてもらえますか?」

このときだけは冷静に、チラシを差し出してきた彼女。ロビンソンの写真と特徴、電話番号が書かれたチラシに、合羽の端から落ちた雫で灰色の染みができる。

「あ、ごめんなさい」

あやまる彼女の頰には、濡れた髪がはりついていた。目元のくまが痛々しい。

「いえ……」

萌香は小さく首を振った。震えそうな手でチラシを受け取って、「友だちにも見せます」と彼女に答えた。そんなことしか言えなかった。

「ありがとう」

ほほえんだ彼女は、きっとじかに打たれると痛いほどだろう大雨の中で、再び猫を探し始める。植えこみの奥をのぞいては「ロビン」と呼び、少し進んではまた愛猫を呼ぶ。

たまらず、萌香は傘を開いて駆けだした。

午後五時半の大通り。車の流れは滞りがちだ。雨の勢いは弱まる気配もなく、ときおり足元で水が跳ねて靴下をべたりと肌にはりつかせる。

呼吸が乱れる。心臓の音がうるさい。

それでも萌香は走った。走らずにはいられなかった。

分かっているから。

ロビンソンの飼い主が、なぜ図書館にいたのか。

占いを信じたからだ。萌香の、あてにならない占いを――。

「――萌香ちゃん？」

視界も白む雨の中、方角も分からないまま走っていると、郵便局の前で声をかけられた。

大人かっこいいショートヘア。トライアングルのピアス。今日のパンツとジャケットはグレーだが、印象は先日とかわらない。薫子だ。立ち止まった萌香の元に、飛び石を渡るような足取りで駆け寄ってくる。

「こないだはどうもねー」

晴れやかな笑顔の薫子に、萌香は息を切らしながらあいまいに笑った。

「……こんにちは。お仕事ですか？」

「うん。郵便出してきたとこ。萌香ちゃんは？　帰るとこ？」

「はい」

「じゃあ送ってこうか？　車あるから」

　透明のビニール傘を肩にかついで、薫子はひょいと人差し指で後ろをさした。

　まったく思いがけない申し出で、萌香は一瞬声を詰まらせ、慌てて首を振る。

「大丈夫です。バスで帰りますから」

「でも濡れてるし。バスも接続悪いんじゃない？　メアリさんが前にぼやいてたよ。図書館方面には行きづらいって」

「あー……そうかもしれません。そういえばまだ帰りのバスは調べてなかった……」

　急に我に返って、スマホを取り出す。

　学校からここまでは一本で来られたが、家までとなると乗り換えは必須だ。帰宅時間帯だから便数は多いはずだけど、どう乗り換えたら効率がいいか。いやそもそも、動揺するまま図書館から適当に走ってしまった。バスよりも先に現在地の確認をしなければ。

「おいでよ。今家にひとりなんだし、遅くなる前に帰り着いとかないと」

　スマホで検索し始めた萌香を制して、薫子はビニール傘を真っ直ぐ持って颯爽と歩き出した。建物の裏に向かっているようだ。駐車場の表示がある。

「えーと……」

一瞬迷ったが、このままあいさつもせずに帰るわけにもいかない。萌香はひとまず薫子のあとに続いて裏手に回った——直後、ぎくりとしてその場に立ちすくんだ。

薫子のパンプスのつま先が、見覚えのある黒い車に向かっているからだ。運転席には、これもまた見覚えのある人の姿がある。

（あの人、こないだの……）

萌香はごくりと息を呑んだ。

クールビズを完全無視し、黒いスーツに黒ネクタイで決めた男。この雨降りにサングラスまで装着している。

じっくり確認するまでもない。先日路上駐車していた人だ。確か、薫子の監視役。その薫子がひらひら手を振ると、わざわざコウモリ傘を広げて車を降りてくる。

萌香は無意識のうちに傘と鞄をめいっぱい身体に引き寄せていた。

相手がやけに大柄な人なのである。しかもひょろ長いのではない。武道をたしなんでいそうな風格だ。ただ立っているだけでもクロヒョウみたいな迫力があって、監視という役回りが似合いすぎるほど似合っている。

「萌香ちゃん、この人イチロー。あたしを監視してる人」

「一路（いちろ）、です」

内容にそぐわず明るい調子で薫子が紹介すると、彼は微妙に発音を訂正した上で軽く一礼してきた。

いきなり凄んだりはしないものの、鉄の枠に言葉をはめこむような固い口調で、萌香は情けなくも「こんにちは」というありふれたあいさつを思いきり噛んでしまう。

「あ、見た目はいかついけど乱暴者じゃないから安心してね。イチロー、サングラスはずしなよ。女の子にはそれ怖い」

「ああ……失礼しました」

からから笑う薫子の言葉に従って、一路が目元をあらわにした。瞬間、萌香は少しだけ緊張をとき、サングラスを丁寧にたたむその人のことを真剣に観察してしまった。

今の今までヤのつく系の怖い人にしか見えなかった人が、アイテムをひとつ引いただけで洗練されたビジネスマンに早変わりしたのだ。目の端は鋭く、口元はまったくなごまないのだが、それもこれもクールのひと言で片づけられそうな雰囲気である。

そんな彼を、薫子は気安い様子で見上げた。

「イチロー、萌香ちゃん送ってよ。メアリさんちまで」

「保護者の同意なく未成年をお乗せすると何かと厳しい目を向けられるご時世ですが」

「びしょ濡れになって風邪ひくよりマシでしょ?」

「……もっともですね。どうぞ」

意外にあっさり、後部座席のドアが開かれた。

監視役は静音モードの機械のように萌香を見ている。友好的ではないけれど、拒絶的というわけでもなさそうである。

「さ、萌香ちゃん。乗った乗った」

ビニール傘をたたんで先に乗りこんだ薫子が、奥の方から手招きしてくる。

「はい……ありがとうございます……」

いいのかな……と思いながら、一路から重ねて促(うなが)され、「お邪魔します……」とおっかなびっくり車に乗りこむ。硬そうに見えて意外に心地よいシートと、はじめて出会う車内の香りになんだかドキドキする。

「さ、出してー」

一路が運転席に回るなり、薫子が後ろからシートの裏をぺんぺんと叩いた。

はいと声低く答えた一路がエンジンをかけ、静かにアクセルを踏む。

薫子は足を伸ばしてＢＧＭを鼻歌でなぞり始める。

萌香はそんな二人の間で何度も視線を行き来させ、とても不思議なものを見ている気持ちになった。

この二人は確か「崖っぷちの女社長」と「監視役」のはずだったけれど、まるで「お嬢さま」と「執事」の立ち位置だ。本来の立場と逆転しているような気がしてならない。

（——ハッ。まさか監視役が監視対象にほだされたっていう展開……？）

萌香は思わず頰を手で挟み、今度は倍速で視線を行き来させた。

豪快にして男前な薫子のことだ、監視役に強面の大男が現れたところで怯みそうにない。そしてどう少なく見積もっても五つ以上は歳の差がある彼女に対して、上からの態度をとらない一路氏。

（なんかいい……？　いや、すごくよくない⁉）

たちまちのうち、萌香の胸を華やかな感情が席巻した。

崖っぷちの女社長は無事に今月末を乗り切れるのか。追い詰められる彼女を間近で見守る監視役はそのとき——今後の展開に要注目！　次週をお楽しみに、のやつだ。

「ところで萌香ちゃん、今日はどうしたの？」

薫子の声で、萌香はいっきに現実に引き戻された。

素敵なラブストーリーを妄想している場合ではなかったのだ。アームレストに肘をついて萌香を見る彼女は、疑問でいっぱいと言わんばかりの表情である。

「学校……それ湊西の制服だよね？　わざわざこの辺まで来るって、なんか用事があったの？」

「え……と、図書館を見に……。ちょっと、占いのことが気になって……」

華やいだ気持ちがみるみるうちにしぼみ、うつむきがちに白状する。

薫子はピアスにふれていた手を止めて大きくまばたきした。

「自分で確かめに来たの？」

「はい、いちおう……」

うなずいたものの、声はひどく小さくなってしまった。

まるで必死に答え合わせしようとしているのを見つかったようで、ひどく恥ずかしい。

萌香は膝の上に手をそろえ、「すいません」と頭を下げた。

「図書館、何も関係なかったみたいですね」

「ああ……そうだね。あたしも行ってみたけど、迷い猫は届いてなかったし、掲示板にそういうポスターなんかもなかった」

「はい。ちなみに洋館の方は……」

「そっちもさっぱり」

「……ですよね。すいません……ぜんぜん役に立ってなくて……」

はずれ確定と悟って萌香が顔を覆うと、薫子は「ふふっ」と空気を震わせるように小さく笑った。

「べつに萌香ちゃんが気にすることじゃないよ。こっちも萌香ちゃんの情報だけで探してるわけじゃないんだから。保健所とか警察とか、保護もやってる猫カフェとか回ったり、ＳＮＳで保護猫の情報検索したり。新聞の一言コーナーにもたまに載ってるからチェックして——あとは足で稼いで。基本は押さえてる」

「でも、ひととおりやってみて結果が出なかったからグランマの力を借りに来たんですよね。わたしじゃなくてグランマが見てたらとっくに解決してたと思います……」

「うんー？　あたしダメ元だって言ったはずだけど？」

「あ……はい。でも、実はさっき、図書館でロビンソンの飼い主さんを見かけたんです。この大雨の中で、合羽着てロビンソンのこと探してて……ちょっと、いたたまれなくて」

萌香が占いで見たものは、薫子にとっては確かに「ちょっとした手掛かり」程度のものだったに違いない。でも、飼い主にとっては切実な情報だった。それをまざまざと見せつけられて、萌香は衝撃を受けた。ひどい焦りを感じ、恐怖し、情けなくなった。悲しい気持ちもふくれあがった。とにかくあらゆる負の感情がいっきに襲ってきて、さっきはつい、あの場から逃げ出してしまった——。

薫子は、萌香の話をうなずきながらきいていた。

「彼女はひとり暮らしで、猫も家族なんだよ。だから置いていけないって想いが強い」

「……はい。それは、見ていてすごく伝わりました」

「でも相手は生き物だから、動き回るのが当たり前だよね。こないだ占ってもらったときは図書館にいたかもしれないし、今日もまた違うねぐらを探してるかもしれない」

薫子は言った。無理やりポジティブになろうとしているわけでもなく、萌香をフォローしていようでもない、実にさっぱりとした口調だった。

占いに対する期待値は一カ月先の天気予報をきくようなものだ――という彼女の言葉は、本物だと思う。

でも、月末はもう明後日に迫っている。

このままでは飼い主は猫と再会できないまま遠くへ引っ越していき、薫子は廃業&強制結婚という望まない選択を強いられる。

どちらもいやだ。

萌香は、膝の上で両手を握りしめた。

「薫子さん。このさい占いのことは忘れて、ふつうに猫ちゃん探しましょう。手伝います」

「えぇ？　手伝うって。どういうこと？」

「わたしの占いで無駄にした時間があるはずです。その分、わたしも手伝います」

萌香はこぶしを二つ胸の前に構え、力強く宣言する。

我ながら馬鹿なことを言っていると思うけれど、言わずにはいられなかった。

なにせ占いをしたときは、目の前にいた薫子の事情と、自分のことで頭がいっぱいだったのだ。

けれど飼い主の必死の姿を目の当たりにして、今さらながら迷子の猫のことがリアルに感じられた。どこかでびしょ濡れになっているかもしれないロビンソン。おなかをすかしているかもしれないロビンソン。もしかしたら怪我をしているかもしれないし、飼い主恋しさで鳴いているかもしれない——そんなロビンソンのことを思うと、じっと知らせを待つより自分の足で探し回った方が気が休まる。

「あの、わたしもがんばります。学校が終わったあとならいくらでも協力できます。グランマいないし、夜遅くなっても大丈夫です！」

外の豪雨に負けない勢いで宣言すると、薫子はびっくりした顔のまま、少しだけ笑った。

「萌香ちゃん、ほんと自分の占い信じてないんだね」

「え？」

「こないだからうすうす感じてたんだけど。今改めてそうだなーって思った」

薫子は気をつかったような口調で、でも言葉を濁さず指摘した。

翼以外の人にこうもはっきりしたことを言われるのは久しぶりだ。

萌香は握ったこぶしをそろりとおろし、前を向いた。ワイパーが高速で水を払っている。

「信じてないっていうか……自信がないんです。グランマはプロだしキャリアもあるけど、わたしは素人ですもん。占いだって数える程度しかやってません」

「でもメアリさんと同じようにやって、同じように何かが見えてるんでしょう？　あたしにしてみればそれだけで充分素質あると思うけど、萌香ちゃんはそう思ってないの？」

「はい。だって、わたしはイレギュラーだから」

「イレギュラー？」

膝の上で指先同士を絡めながら、こくりとうなずく。

「前にグランマにきいたことがあるんです。グランマが占いに目覚めたのはイギリスにいた頃で、『妖精の悪戯』って……日本で言う神隠しみたいなのに遭ったあとだって。イギリスで占い師をしてるグランマの姪っ子っていう人も、グランマのおばさんもそうだったらしいです。子どもの頃にほんの数時間だけ行方不明になって、ひょっこり帰ってきたら物見の力に目覚めてたって。祖母はその間のことはよく覚えてないみたいですけど、わたしはそこで妖精さんだか神さまだかにお墨付きをもらったんだと思ってます」

まるでおとぎ話のような、祖母の占いの秘密。

祖母の家にお泊まりしたときには、布団の中で決まってこの話をせがんだものだ。

わくわくした気分で、それでいて少し怖いと思いながら。

いずれにしても祖母は選ばれて、占いの技術を身につけ、多くの人の相談に乗り、同じ数の人に頼りにされてきた。それは萌香の誇りだ。そして同時に、自分と祖母の間にある明確な境界線でもある。

――なんて、ふつうの人に話してもぽかんとされるだけだろうけれど、薫子は、意外と真面目に萌香の話を受け止めているようだった。

「萌香ちゃんはイギリスに行ったことないの？」

「イギリスどころか、日本を出たこともないです。もちろん『妖精の悪戯』に遭ったこともないし……。わたし、デパートや遊園地でも迷子にならないんです。びびりだから、親のそばから離れない子どもで。今、期間限定でもひとり暮らししてるのだって、これでもすごい大冒険で……。えーと、つまり、イレギュラーっていうのはそういうことなんです。お墨付きもないわたしに何かが見えることの方が、実はまともじゃないんです」

だから、祖母と同じことをして何かが見えても、翼の言うように「ガチで当たることはまずない」のが当然で、そこそこでも当たったのならそれは奇跡的なことか、ただの偶然。

それが分からずにいたからひどい失敗もした。深く傷つくような失敗も。

そして萌香は占いから遠ざかり、先日、銀盤の底に見たものも心のどこかで疑っている。

「──興味深いですね」

話の切れ間に、それまで運転に集中していた一路がつぶやいた。

薫子が視線をあげ、意外そうに彼の横顔に視線を送る。

「イチロー、ファンタジー楽しめる人だったたっけ？」

「いえ、話の内容ではなく。ご自身の経験より他者の言葉に重きを置いている点が興味深い、という意味です」

説明した一路と、ミラー越しに目が合った。べつに責められている感じはしないけれど、表情らしい表情もないし、言い回しが分かりにくいから、胸がざわつく。少なくとも、褒められてはいないことだけは分かるのだ。

　薫子が探るように萌香と一路を交互に見た。

「……イチロー。あんた萌香ちゃんのことサゲにきてる？」

「いえ、まったく。ただ占いの結果をご自身で信じておられないとなると、ご確認いただいて確かな回答が得られるかと疑問を持ったままでです」

「あんたの言うこと回りくどくて分かんない」

「端的に言えばご確認いただきたいことがあるということです。――風見鶏の洋館と思われる写真を発見しました」

　クールな執事がさらりと言った。

いろいろなものが一瞬で吹き飛んでいく衝撃。萌香は思わず前のシートにかじりついた。

「それ本当ですか⁉」

「いつの間に――早く言いなよ！」

「先ほど待機中に発見したところです。先日ご提供いただいた特徴をすべて備えていると思いますが、ご本人に見ていただかないことにはそうと断定しがたく――」

「見ます見ます、もちろん！」

「イチロー、その写真どこ⁉」

「私のスマートフォンの中に」

とたんに薫子が「止めて！」とシートを殴った。

「ほら、コンビニあるよ！　コンビニ！」

「わたしも見せてほしいです！」

もはや後部座席は大騒動である。しかし一路はこちらに引きずられることなく落ち着いて減速し、左右をよく確認して、極めてゆっくりとコンビニの駐車場に入った。たちまち薫子が身を乗り出して、一路が内ポケットから出しかけたスマホをかすめ取る。

「ロック！　解除！」

「はい」

大人しく指紋認証に応じた一路が、そのまま端のアイコンをタップする。

パッと表示されたのは、文化財のようなレトロな洋館だ。煉瓦っぽい赤い壁で、大きい扉の上に丸い窓があって、三角の屋根には風見鶏。

まさに《夜の女王》が見せたままの洋館だ——。

「これです、わたしが見たの！」

萌香が声をあげるなり、「おおーっ！」と車内に薫子の咆哮が響いた。

「イチロー、これどこかで撮ってきた写真？　ネットで拾ってきた画像？」

「後者です。様々な手法で検索した結果たどり着きました」

「やるじゃん、さすが高学歴！」

「学歴の問題ではなく要領の問題です」

「ゴメンネ要領悪くて」

薫子の刺々しい言葉を一路が真顔でスルーする。その傍らで、萌香は感激して両手の指を組み合わせていた。

（洋館、あった！　実在してた！）

階段を駆けあがるように心臓が高鳴っていく。

久々の占いが――当たる。人の役に立つ。きらめく予感で、雨の景色さえ明るく見える。

「これ、どこにあるんですか！」

萌香はたまらず身を乗り出した。

この洋館に猫がいるのか、あるいは何かの手掛かりがあるのか。とにもかくにもここに行けば次のステップへと進める。解決できる。

「どこなの、イチロー」

萌香の横から薫子も加わり、二人分の熱視線を一身に受ける運転席の一路。

相も変わらず表情をかえない彼は、ハンドルに右手をかけたまま目線をあげ、ガラス越しの雨で歪んだ新作スイーツのポスターを眺めながら、極めて事務的な口調で告げるのだ。

「ドイツです」

庭のハーブ畑に白い蝶が飛んでいた。

ふわふわヒラヒラ、好き勝手飛んでいる姿がただ単純にかわいらしい。それでいてあちこちで受粉を助けているんだから偉大で、ヨレヨレのTシャツとゆるいルームパンツというやる気の欠片もない格好で寝転がっている自分が、この世のゴミのように思えてくる。

「おーい、生きてるかー。って、死んでんじゃん」

玄関の方から失礼な声がした。翼である。縁側でゴロゴロしているのが見えたのだろう、のんびりした足取りで庭の方に回ってきて、露骨に盛大なため息をつく。

「余裕だな……もうすぐ試験だって忘れてんの？」

「勉強ならコツコツやってるから平気だもん」

「本気で余裕か」

「翼だって余裕じゃん」

彼が着ている白黒のラグランシャツは、店番をするときによく着ているものだ。土曜の今日も朝から家の手伝いに励んでいたのだろう。試験勉強が二の次なのは彼も同じだ。

萌香は寝転んだまま翼を見上げた。

「何か用？」

「既読つかないから直接来たんだよ。スマホどこに放ってる」

「あ……たぶん部屋だ。なに？」

ようやくのそのそと起きあがって、ぺたんと膝を寝かせてその場に座る。髪がボサボサだ。しかし気にしない。翼もその辺はスルーだった。ちょっと楽しそうな顔をしている。

「母ちゃんが晩飯食いに来いってさ。週末ひとりじゃ寂しいだろって」

「あー……ありがと。でもいいよ、悪いし」

「来たらただのカレーがカツカレーにグレードアップするからむしろ来てくれ。いや来い」

お誘いというよりお願いである。つい笑ってしまった。

「分かった。あとで行くね。ありがと」

「おー」

適当な感じの返事をして、そのまま帰っていくかと思いきや、翼は縁側にあがりつつ
「飲みものめぐんで」と図々しいことを言った。

「冷蔵庫に麦茶あるから勝手にどうぞ」

「はいどーも」

翼が後ろを通って台所に入っていき、戸棚からグラスを取り出す音がする。冷蔵庫を開ける音、次いで製氷皿がパキッと鳴る音も続いた。

見ていなくても動きに無駄がないのが分かる。昔から祖母にあれこれ手を貸してきた人なのだ、翼はこの家で何をやらせても萌香よりずっと要領よくこなしてみせる。

(——果たしてわたしはどうして米村メアリの孫なのか)

唐突に自分でもよく分からない命題が浮かんでくる。

ぼうっと眺めたハーブ畑にもう蝶は飛んでいない。

「……どーしたよ」

翼が横で胡坐をかいた。

目の前にグラスが置かれる。見ると翼はもうひとつグラスを握っていて、半分ほどをいっきに飲んだ。氷と翼ののどが連動するように動くのをなんとなく眺めたあと、萌香は庭の方にゆっくり目を移す。

「こないだ薫子さんに会った」

「おお。なに、猫見つかったの」

「違う。風見鶏の洋館がどこにあるか分かっただけ」

「まじか。どこにあった？」

翼のテンションがいっきに二段階ぐらいあがった。期待に輝く目。でも三秒先のリアクションが容易に想像できて、萌香は沈んだ声で告げた。

「ドイツだって」

「ド———え？　海外？　猫、海渡ってんの？」

「そんなわけないじゃん。わたしの占いがはずれてるんだよ」

確定事項である。風見鶏の洋館はドイツに実在し、この短期間で猫は海外に渡らない。つまりはずれだ。はずれるにしても大きな空振り。

長いため息をついて、萌香は顔を覆った。

とたんにつきあがってくるのは後悔の念だ。

「あー、やっぱりやらなきゃよかった……」

「は？　なんでそうなんの」

「だって、てんで見当違いじゃん。おかげで薫子さんには時間を無駄に使わせちゃうし、飼い主さんは大雨の中必死で図書館の周りで猫探してて……」

「そりゃ、猫には昼も夜もないんだから、簡単には見つかんないだろ。占いは関係ない」

「でも正確なものがちゃんと見えてたら今頃ロビンソンも見つかってた」

「ハハ。うぜー」

翼が吐き捨てた。あまのじゃくなくせに、こんなときだけ言葉どおり面倒くさそうな顔をしている。萌香はむっとくちびるをつきだした。

「その言い方ひどくない？」

「うぜーだろ。あれだけダメ元だって前置きされたのに、自分で深刻にしてんじゃん」

翼が叩きつけるように嘆息し、萌香はむくれた。

彼の言っていることは正しいし、べつに同情や慰めが欲しいわけではないけれど、真面目に反省している相手に「うぜー」はないだろう。「うぜー」は。

「なに？　言いたいことがあるならどーぞ」

萌香のいらだちなんてお見通しのくせに、涼しい顔をするところがまたにくたらしい。たまらず、萌香は「もー！」と声をあげた。

「わたし自分の占いでひどい目に遭ってるの！　翼だって知ってるじゃん！」

まるで封印を解く禁断の呪文を口にしたかのように、心の奥底から灰色の感情が噴き出してくる。苦い記憶も、からすぎる涙の味も。

二年前のことだ。

占いが楽しくて、人の役に立つと信じて疑わなかったころ、ひとつの致命的な失敗ですべてが壊れた。

一瞬だった。友だちを失うのも、平穏な学校生活を失うのも。

もうあんな思いはしたくない。

占いなんかやらない。

当時祖母の胸で泣きわめいていた姿を、翼も見ていたはずだった。

ボーンと居間の時計が鳴る。

「……分かった」

麦茶の残りがいっきに翼ののどに消えていき、かわりに短い息が吐きだされる。

「俺がやれって言ったのが悪い。全部忘れろ。それでおしまい」

　言って、彼はぐっと膝を押さえて立ちあがる。

　萌香は一瞬息を止めた。

　とっさに見上げた翼の顔に、怒りはない。いらだちもない。かわりに、思いつめたような表情が貼りついている。

「ま――待って待って！」

　とっさに手を伸ばした。

　行ってしまいそうな翼の足を、ギリギリのところで捕まえる。

「べつに翼のせいとか思ってないし！　当たってくれるなら当たってほしいし、はずれてもいいからロビンソンが見つかってほしいよ！　これはほんと！」

「ホラーかよ」

　立ち止まった――いやそうせざるを得なかった翼が、萌香を見下ろしため息をついた。

　その言い草に萌香は一瞬顔をしかめたが、確かに、床に這いつくばって必死に足首を掴む髪ボサボサの女の図はホラーである。

「ごめん……」

　あやまりはしたものの手は放せず、様子をうかがう。

　かすかな嘆息のあとで翼は「放せ」と脚（あし）を蹴りだし、萌香の手を払った。乱暴だ。

でも萌香を見下ろす彼の目は、どこか茶化しにきている。

「はずれてるわけねーじゃん」

何食わぬ顔で翼は言った。ぐっとかがみ、トカゲのように這いつくばっている萌香と無理やりに目を合わせ、彼は「考えてもみろ」と語気を強める。

「こっちは存在してることすら知らないような外国の館だろ？　なんでいきなり見えるんだよ。なんかあるから見えるんじゃねーの？　俺もさすがに自由研究の内容全部は覚えてないけど、《夜の女王》って嫌がらせでデタラメなものを見せるようなやつだっけ？」

「それは……違うと思う」

嫉妬の数だけものを隠してしまう、《夜の女王》。

気難しいことは確かだけれど、性悪ではないはずだ。

「だろ？　見えた以上は意味があるんだよ」

それが絶対的な真実だと言わんばかりに翼が断言し、萌香は人をおどかしそこねた幽霊のように、そろそろと身体を起こした。前髪の下から彼を見る。

「なんでそんな自信満々なの？」

「当たってるとこ何回も見てるから」

確かに、成功体験がうれしくて彼に報告した記憶はある。何回も。

「……でも、ズバリ的中、なんて一回もなかったじゃん」

「そーだよ。もともとそういうスタイルだろ」

やれやれと、芝居がかったことを言いながら、再び翼が胡坐をかいた。

立っていると少々差が出る目線の高さも、座っているとほとんど同じ位置だ。翼は真っ直ぐに目を見てくる。

「あのな。萌香の占いは当たらないんじゃないって。読み方が難しいだけ。前にもあったじゃん、見えたもののサイズ感がよく分かんないとか」

「……あー、あった……かも」

目を細めると思い出される。

ネックレスをなくしたから見つけてという、友だちからの依頼だった。《夜の女王》にたずねたらクマのぬいぐるみが見えたからそう伝え、彼女の家に飾ってあったぬいぐるみをすべてどかして探した。けれど結局探し出せずに、後日、彼女は自力でポーチの内ポケットの中からネックレスを見つけ出した。

ただ、そのポーチに小さな布製のクマのキーホルダーが下がっていたことが分かったから、いちおう「当たってたね！」という話になったのだ。確か、小六の冬の話。

「でもあれ当たったって言える？　あのときはみんな子どもだったからワッてなったけど、今考えたら後出しじゃんけんって言われてもおか――」

「だから！　言われないように、考えろ！　今！」

みなまで言わせてもらえなかった。そろそろ翼が本気で怒ると察して、慌てて「サイズ感大事だよね、サイズ感」ととりつくろい、置いたままだった麦茶をこくりと飲んだ。

自分で仕込んだものだがおいしい。ほどよく冷えていて、枯れた心にしみる。

グラスを口元に当てたままちらりと見ると、翼はすでに頭の切り替えがすんでいるようだった。庭の方を向いて、瞑想するみたいに考えている。

縁側で胡坐で熟考。将棋に興じるおじいさんみたいだ。あんがい、五十年後も彼はこうしているかもしれない。

「――あり得る話だよな」

急に翼が目を開けて、びくっとした。まさか遠い未来を想像してなごんでいたなんて、悟られてはいけない。

「なに、なにが？」

「尺度の話。その風見鶏の洋館がドイツにあるって言うなら、《夜の女王》が見せたのは偽物かも。復元されたやつとか……写真とか、絵とか」

「ああ……写真とか絵じゃないよ。立体だったから。復元も……微妙じゃない？　写真で見るとべつに世界遺産とか、文化財とかじゃなさそうだった。人が住んでそうだったもん」

「じゃあジオラマとか？」

「ジオラマ？」

「模型で街とか鉄道の沿線とか再現するやつ」

「知ってるよ、それくらい」

言ったものの、ジオラマという言葉がなんだか妙に引っかかった。「サイズ感の違い」という意味ではそれもアリだと思えるはずなのに、どうもしっくりこない。

（ジオラマ……ジオラマ……？）

目をつぶって、あの日《夜の女王》が見せたものをひとつずつ瞼の裏に浮かべた。

風見鶏の洋館の、屋根や壁や、玄関扉の上の丸い窓、レースのカーテンの風合いまでも。

「――そういえば、《夜の女王》が見せたのって建物だけだった」

「は？」

「写真で見たあの洋館、周りが鉄の柵で囲まれてたの。庭には大きい木があって、ブランコもあった。花壇も、それにベンチも。でも《夜の女王》が見せたのは建物の本体だけ」

「じゃあジオラマじゃないってこと？」

「うん。むしろドールハウスみたいなものかな」

思いつくまま適当に言うと、「ああ」と翼が膝を打った。

「なんとかファミリーって、あのちっちゃい動物の人形の家な。いとこが持ってた」

「そういうオモチャじゃなくて。もっと本格的なやつだよ。本で読んだことある。本物の家の十二分の一？　とかのサイズで、家具とか食器とか全部職人さんが作って――」

あれ――と、そのとき頭の中でもうひとりの自分がつぶやいた。

ねえねえそれ、聞き覚えないっけ――と。

「どーした」

「待って。なんか出てきそう。わたし何か知ってる」

変な顔をする翼に広げた両手をつきだして、萌香は頭の中の記憶のふたを片っ端から開けていった。

それほど古いものではないはずだ。ドイツときいて絶望するより前。お嬢さまと執事にキュンとした――それよりも少し前だ。そう、薫子に再会したこのあたり。いや、ロビンソンの飼い主の健気な姿にショックを受けた、あのときくらい――。

順に思い出して、萌香はついに目的のふたを開いた。

「図書館のエントランスで作品展やってた！　全部は見てないけど、ミニチュアもあるって係の人が言ってた！」

「は……？」

まるで萌香の手から変な波動でも出ているかのように、翼がぐらりと後ろに両手をついた。その脇をバタバタと走り抜けて、萌香はちゃぶ台の脇に投げていた鞄をあさる。

変に曲がっていたが、チラシはまだあった。市民講座の作品展。竹細工、ビーズ細工、焼き物、染め物、木工……。写真はないけどジャンルは書いてある。

半分から奥は遠目に見ただけだったが、展示会場にはわりと大物もあったと記憶している。焼き物や木工のコーナーは、特に。

「そういえば上が三角になった何かがあった気がする。あれってもしかして屋根？」

あーもう、と思わず大きな声が出た。

「ちゃんと見てればよかった！　何かあったかもしれないのに！　今から行くべき!?」

「間に合うかー？」

チラシを取りあげて翼が言った。ぴらっと印刷面をこちらに向ける。

「展示、今日までじゃん。しかも最終日は三時まで」

「うそ！　もう二時すぎてる……間に合う!?」

「無理。この時間帯じゃバスの乗り換えがうまくいかない」

地元民の意見はシビアである。それでも萌香は立ちあがる。

「とりあえず薫子さんに電話する！　ああ――でも自分でも見たいからやっぱり行く！」

「そのカッコで？」

せわしく始動したはなにそう言われ、萌香は気持ちは全力前進しながらかろうじて足を止めた。女子とは思えないヨレヨレ具合に、今さら羞恥という言葉が頭をよぎる。

「――もちろん！　着替えるよ！」

「戸締まりしとくなー」

部屋に逃げ帰るところで翼ののんきな声がして、ほどなく、縁側のガラス戸がごろごろと転がり始めた。

結局、図書館には十五時の五分前に到着した。バスだったら完全にアウトだったが、黒塗りの車が迎えに来てくれたからギリギリだった。薫子に電話を入れたら、すぐに駆けつけてくれたのだ。

「お、今日は少年も一緒？」

そう言って笑った彼女は助手席に乗っていて、運転席には今日も彼女を監視中の一路氏。翼は特に運転席の方に警戒的だったけれど、この二人の今後の展開が楽しみな萌香はもはや何のためらいもなく、翼を後部座席に押しこんで図書館へと急いでもらった。

果たして、風見鶏の洋館は存在した。

エントランスの作品展、その一番奥の木工作品のコーナーに、ドンと鎮座していた。

煉瓦色の壁。三角屋根。風見鶏。写真と――そして《夜の女王》が見せたものと同じ家。

「あった！」

三人分の歓喜の声が重なる。萌香と翼と薫子だ。一路もいるが無表情――目の前の事実を受け止めているだけの表情で、スマホの写真と見比べている。

「思ったよりちゃんと家だ。すごい」

萌香はしゃがんでまじまじとその家を見た。

ドールハウスのように調度品まで緻密に作られているわけではなく、家の中は空洞だった。きちんと分類するなら『模型』が一番ふさわしいだろう。家そのものの美しさを見て楽しむ、立派な模型。ただの一作品としても素晴らしいものだった。どんなに細かなパーツも端の処理まで丁寧で、色も鮮やか。尾羽が立派な風見鶏なんか、何でどう作られているんだか見当もつかない。

「すごーい……」

ついつい没頭していると、「いやいや」と後ろからツッコミが入った。

「萌香ちゃんがすごいって！」

「ひさびさに鳥肌立った……」

薫子と翼がおそろいの表情で「はーっ」とため息をついて、萌香は「そうでした」と我に返る。

「これはあくまで手掛かりなんですよ。次につながるものを探さないと！」

「えー、もうちょっと感動させてよ」

「どうぞごゆっくり！」

あまり周りの声も耳に入らないまま、作品に添えられた製作者の名前を確認する。『岡留善太郎』。なんとなく年配の男性のイメージだった。この人のことが分かる人はいないだろうか。その場できょろきょろして、以前チラシをくれた女性を見つけた。彼女も出展者だったらしい。トルソーの首にかかった染め物のストールを回収していた。

「すいません！　あの、この作品展って今日までですよね？　終わったあとって作品はどうなるんですか？　作者の人が取りに来るんですか？」

いきなり突撃し、また矢継ぎ早に質問してしまったせいで、女性はびっくりしていた。しかし萌香の顔を思い出してくれたらしい、すぐに表情をやわらげて、

「大きいものは本人が回収に来ることになってますよ」

「じゃああの家の模型作った人も、待ってれば会えますか」

萌香が指さす方を、彼女の目が追いかけた。「ああ」とほほえむ。

「岡留さんね。岡留さんは来られませんよ。なんでも怪我をした猫を保護しているとかで、そちらにかかりきりらしいです」

思わず絶叫して、「お静かに」と一路にお咎めを受けた二人である。

果たして迷い猫のロビンソンは、無事、飼い主とともに新天地に旅立っていった。

保護していた岡留善太郎という人は八十歳近い老人で、事情を話すと「それはすまんかった」とすぐにロビンソンを返してくれたのだ。

きけば動物を飼った経験がなかったらしく、首輪がないからノラ猫なんだろうと思いこんだようだ。それでも喧嘩して負ったと思われる引っかき傷を軽く見ずに、きちんと病院に連れていってくれたというからありがたい話で、飼い主は彼に感謝しきりだった。

「ほんとありがとねー、萌香ちゃん」

図書館に駆けこんだ翌日の日曜日、午後三時。

祖母の家に、薫子たちが最終的な結果報告に来ていた。

自分の部屋から黒塗りの車が見えたのだろう、翼もひょっこり現れて、お茶を出すというマメさを見せたあとにちゃっかりお土産（みやげ）を手に入れている。薫子が持ってきてくれた、依頼人からの御礼の品だ。港のそばにある『木倉桟橋堂』の生どら――甘さ控えめの生クリームと粒のしっかりしたあんこを挟んだ、ふわふわのどら焼きである。

お菓子には『おかげさまで、我が子のように暮らしている猫と再会できました。ご協力くださり、心から感謝します』と、丁寧な文字でつづられた手紙とロビンソンの写真が添えられていて、正直ちょっとぐっと来た。

空振りしたと思ったときには後悔しかなかったけれど、この手紙は宝箱の中に入れておいて、祖母が帰ってきたときに自信を持って話そうと思う。

「しかし萌香ちゃんの占いはすごいね。いつでもメアリさんの跡継げるんじゃない？」

縁側で並んでお茶とどら焼きを楽しんでいた薫子が、しみじみとそう言った。萌香は口の中のどら焼きを急いで飲みこみ、「とんでもない」と手を振る。

「あんなややこしいんじゃかえって遠回りで……やっぱり向いてないです」

「なに言ってんのー。自信ないとか言って、ちゃんと当ててるじゃない」

「あはは……あれは当ててるんじゃなくて、当てに行ってるんです……」

どんな悩みもズバッと解決——が萌香の中の占い師像である。見えたものが的中するまで走り回るなんて、ぜんぜん違う。ものすごくかっこ悪い。

「でも、薫子さんが無事に六月を乗り越えられたのはよかったです！」

「ああ、そうだよ！　ありがとう！　おかげさまで当分自由を謳歌できる！」

「——その自由も期限は最短一カ月です。気を抜かないように」

お芝居みたいに大げさに喜びを表現する薫子に、今日も絶賛監視中の一路氏が静かに釘をさした。

彼はお茶にもお菓子にも手をつけず、縁側にもあがらず庭先で直立している。「はいはい」と薫子が適当な返事をしても眉ひとつ動かさず、相変わらずの反クールビズスタイルにサングラスまで装着しているので、執事からSPに格上げの迫力である。萌香としては彼がこの結果をどう感じているのか気になってたまらないが、もちろん問いただす勇気はない。

「で、報酬はー？」

ひとり居間のちゃぶ台で生どらを堪能していた翼が、ヤジを飛ばすように言った。萌香はぎょっとして「いいです！」と断りかけたが、先に薫子がバッグに手をつっこんで、

「もちろんここに！」

と、封筒を掲げる。端こそ少しよれていたが、あの日彼女が持参したままのものだ。

「約束どおりもらってよね」

すっと封筒を差し出された。端まできちんと封がされているので中身がいくらか予想もつかない。でも、あの日も薫子はこの状態で持ってきたのだから、いつも祖母に支払う額と同じだけ入っているはずだ。ど素人が、祖母と同じだけもらってもいいんだろうか。

ためらっていると、「ほら」と、手を取られて押しつけられた。薫子の目がしっかりと萌香を見る。

「あなたががんばったことへの対価だよ。ずっと気にかけてくれてたって考えると、少ないくらいだけどね」

「お受け取りください」

熱心な薫子に続いて、なぜか一路も強く後押しする。

「妻がご迷惑をおかけしましたので」

「――つ、ま？」

萌香は目をぱちくりとさせた。

一路が真顔で見返してくる。傍らで、薫子はにっこりしていた。わざとらしいほどに。

「……なに、俺らだまされたんすか」

居間の方から翼が低い声を出し、「違う違う！」と薫子が声高く反論した。

「嘘は言ってないよ。売上なかったら会社たたんで専業主婦にならなきゃなんだから！」

「へー。あれ、なんでしたっけ。月間売り上げゼロで事務所撤収、年上の男のところに嫁に行く……って話じゃなかったんすか」

「少年、惜しい。嫁という名の家政婦に転職することになってる——が正解」

「グレーだな！」

翼のツッコミに、薫子はあっははと開き直りの笑い声を響かせた。

そんな彼女に、サングラス越しでもそれと分かる冷たい視線が注がれる。

「健全な青少年を相手によからぬ手段を使ったんですか、薫子さん」

「大人の知恵と言ってほしいね」

「悪知恵ですね。——お詫びしなさい。彼女たちに失礼です」

「健全な青少年を前に怖いオーラ出さないでよ、イチロー」

「——薫子さん」

「はいはい降参」

早々に白旗をあげた薫子が、くるりとこちらを向いた。

「萌香ちゃんごめん。怒った……？」

声をかけられて、萌香はようやく我に返る。

衝撃のあまり時間が止まっていた。

様子をうかがうような翼。気づかわしげに自分に注目している歳の差夫婦。

萌香は、ぶんぶんと大きく首を振った。

「いえ！　ぜんぜん！　むしろありがとうございます！」

「――は？」

翼を含めた三人が気の抜けた声を出したが、一瞬にして萌香の耳を通り抜ける。

（やっぱり監視役が監視対象にほだされたやつ！　しかもゴールインしてるー！）

全力で指を組み合わせることでどうにか抑えているが、心の中ではガランゴロンと祝福の鐘が鳴り響いているのである。

「あ、萌香ちゃん怒ってないっぽいね。よかった。けどなんかテンションおかしくない？」

「そんなことないですよー！」

歌うように答えたあとで、生どらをもうひとつ、ぱくり。あまい。めちゃくちゃあまい。

「薫子さん、ごちそうさまです！」

なんだかもう、ひとり勝ちの気分である。

二章　王女はみなに感謝せず

真っ青な海からこんもりと緑が茂る安浪神社へ続く、ゆるく長い坂道。

その途中に、春野ベーカリーののぼりはたなびいている。

屋号よりも「坂の上のパン屋さん」という方が通じやすいのは昔からで、今はそれよりも「さくさくメロンパンの店」という方が広く通用する。

テレビで紹介されたからだ。

おかげで、高校の購買部にも商品を卸している「地元のパン屋さん」は、地元はもとより近隣市町村からもお客が押し寄せるような「人気ベーカリー」に昇格した。

商売としてはありがたい話である。

が、パン屋の息子としてはこれが非常に大変だ。

もともとお手伝い程度の店番はしていたが、今や一人前の仕事量をこなさなければ店が回らない。兄が家にいた頃は分担できたが今となってはそれもかなわず、混みあう週末の午前中はほぼ店でパンの香りに包まれている。用がなければ夕方まで。平日も、必要なら学校帰りに店に立つ。

そのかわり、こづかいの請求は怠らない。春野家の息子たちはしたたかなのである。

そういうわけで火曜の夕方五時半、春野翼は若草色のキャスケットとカフェエプロンをつけ、店に立っていた。

期末試験の真っ最中だが、苦手な科目はすべて終わっている。難関大学を目指しているわけでもないので得意科目をさらに伸ばそうという意欲もなく、実に気楽。なんなら売れ残りをどれだけ減らすか考える方が重要だった。

これでもいちおう、店を父の代で終わらせたくないと思っているのである。兄が洋菓子の世界に進んでしまったから、なおさら。

今日はチョコ系がいつもより残ってるな……などと考えながら、お客の切れ間を狙って残った商品をまとめる作業に没頭する。

惣菜系のパンは昼までにだいたい売り切れるので、残るのはたいてい甘めのパンだ。それから食パン。これからの時間は、仕事帰りの若いお母さんが翌日の朝食のために買って帰ることが多い。

さあ今日も来たぞ。ウインドウ越しにスーツ姿の女性を見つけ、翼は背筋を伸ばした。が、その顔を見た瞬間に肩から力が抜けた。そういう相手だったのである。

「お、少年。元気？」

入店するなりひょいと手をあげたのは、木津谷(きづや)リサーチの女性社長・木津谷薫子(かおるこ)である。スーツにビジネスバッグと格好だけはキャリアウーマン風だが、ノリはクラスの女子とあまりかわらないと思う。「いらっしゃいませ」とわざと九十度の礼をすると、「なにそのテンション」と雫(しずく)型のピアスを大きく揺らして笑うのだ。

「どうしたんですか」

翼は素に戻ってたずねた。ちょっと前にだまされたこともあって、もはや彼女をお客さまとは思えない自分がいる。態度にもありありとあらわれていたが、薫子も気にしていないようだ。「買い物に決まってるじゃん」と笑って、食パンを一斤(きん)オーダーする。

「切りますか?」

「いいよ、うちで切る。パングラタン食べたいんだよね」

赤い財布を取り出しながら、楽しそうに薫子は語った。しかし彼女がパングラタンを食べるということは、あのどう見ても堅気じゃないオッサンもパングラタンを食うわけである。こんがりチーズのパングラタンをどんな顔して食べるのか、ちょっと興味がある。

「――っていうのは表向きの用件なんだけど」

笑いそうになるのをこらえていると、急に薫子の声色(こわいろ)がかわった。翼はパンを包装する手を止め、思わず薫子を凝視してしまう。キラッとまぶしい笑みを向けられた。

「萌香(もか)ちゃんどう?　あれから占いやってる?」

「……いや、たぶんやってないと思います。周りには占いやれること言ってないし。なんかありました？」

　やや警戒しながらきき返すと、「うん」と軽やかに返事をされた。

「迷宮入りした案件があるの。それ、萌香ちゃんなら解決できるんじゃないかと思って」

「ああ、できるんじゃないですか」

　翼は即答した。あまりに簡単に答えたせいで薫子は少々面食らったようだが、翼はいたって真面目に答えたつもりである。手元に目を落とし、ビニール袋の口を留めながらつけ加える。

「あいつが見たものを読解する力と、推理する力があれば当たります。だいたい」

「キミが言うと彼女が言うより当たりそうな気がするよね、不思議なことに」

「ハハ……あいつ自分に自信ないですからね。占いに関しては特に。よほど成功体験積み重ねないと強気なこと言えないと思います」

　歩く宝の持ち腐れ。そう言うと、薫子が小さくふきだした。

「オッケー。じゃあここで一件実績あげて、自信つけてもらおうかな。少年、萌香ちゃんにそれとなく話してみてよ」

「俺が？」

「うん。彼女占いに拒否反応あるみたいだから、ワンクッション置こうかなと思って」

「はあ……」

翼は紙袋の底を念入りに広げながら、少し答えをためらった。

この人はノリは軽いがあんがい策士だ。なんでもはいはいきいてはいけない気がする。

「ちなみにそれ、変な依頼じゃないですよね」

「猫探しよりはがぜん楽だよ。一度暗礁に乗り上げてるからもともと期待値が低いし、依頼人は二十四歳の若奥さま。なんならキミも立ち会っていいよ。こないだみたいに」

薫子はハキハキ答えた。こういうところが策士っぽいんだと翼は思う。ひとつの質問で、気になっているところを全部答えてくる。つまりこっちの考えが見透かされている。

(……ま、でも条件は悪くないか)

翼は総合的にそう判断した。

萌香が占いを嫌がるのは、失敗して、迷惑をかけることを負担に感じるからだ。相手が切実だと過剰に構えるだろうが、期待値の低い依頼ならあんがいあっさり受けるかもしれない。

「分かりました。話してみます」

「ありがと。名刺置いてくからまた連絡して」

薫子が指をそろえてレジカウンターに名刺をすべらせた。

名前と連絡先が載っただけの、よく言えばシンプルな、悪く言えば味気ない名刺だ。

翼はそれを手に取り、しげしげと眺める。

「……木津谷リサーチって、探偵事務所みたいなもんなんですか」

「うーん……似たようなこともやってる、っていうのが正解かな。わりとなんでも屋だよ。浮気調査とか行動調査とか、ないわけじゃないけど、この近辺の市場調査もやるし、ミステリーショッパーの依頼とかデータ整理なんかも受けてる。あたしは探偵の真似事好きだけど」

好きそうだ。少なくとも、オフィスにこもってコツコツ事務仕事、というタイプではないような気がする。

翼は名刺に刻まれた薫子の名を見つめた。

迷子の猫探しを引き受けてくれる、一部探偵業の調査会社。社長は逆境も跳ね返す気の強い人。ノリの良さは女子高生並みで、しかし素人占い師でも一人前に扱ってくれた……。

「……どんなことでも調べてくれるんですか」

名刺の向こうをうかがうようにしてたずねると、薫子は一瞬真顔で翼に目を留めたあと、にっこりして答えた。

「国家機密と試験問題は調べないよ？」

「……そんなん頼みませんって」

はぐらかされたことに脱力し、のろのろとレジを打つ。

まともな回答をされないということは、高校生はお呼びでないということだ。

「ありがとうございました」

会計をすませ、食パンを入れた袋をずいと押し出す。

しかし薫子はなぜかすぐには手を出さなかった。見るとまたもにっこり笑顔である。

「調べたいことでもあるの？」

そう軽やかに問いかけながら、何かを暴き出すように目の奥を見つめてくるから怖い。

翼は靴の中で指先に力を入れ、真正面から彼女の視線を受けて立った。

二度もかわされてはたまらない。わりと本気なのである。


「ごちそうさまでしたー」

赤いのれんをくぐった翼は、たいそうご機嫌の様子だった。

めずらしくにこにこしていて、手に提げた鞄（かばん）がブランコのように揺れている。暑さしのぎに小さなうちわをパタパタさせるのさえ、愉快な遊びのようだ。

月曜日の学校帰りである。

この街で一、二を争う有名ラーメン店『ゲンコツ亭』は、今日が月に一度の学割デーで、
通常八百円のラーメンが学生証の提示で五百円になる。翼が昨日からラーメンラーメンと

しつこかったから、萌香も付き合って学校帰りに寄ったところである。

「もうちょっと安ければマメに来るんだけどなー」

「確かに学割デーじゃなきゃ来ないかも」

通常価格一杯八百円なら、春野ベーカリーの人気商品・さくさくメロンパンを四回買う方ががぜん満足できると萌香は思う。

「そうだ。翼、お金。払う」

テンション高めなせいかいつもより早足な翼を追いかけ、萌香は鞄の中から財布を取り出した。先日約束したとおり助手代を払うつもりでラーメンに付き合ったのだが、店では翼がさっさとスマホで決済してしまったのだ。

ポイント稼ぎのためだろうと思ってその場は黙って任せておいたのだが、いざ千円札をつき出すと、翼はなぜか面倒くさそうにパッパとうちわを払ってみせた。

「いーよ、べつに」

「なんで？　わたし二人分払うよ。翼言ったじゃん、報酬もらったらラーメン奢ってって」

「ああ、あれもういい」

「ええ？　わたしけっこうしっかりもらったよ？　ラーメン代引いても余裕で残る」

「じゃあその浮いた分でばあちゃんになんか買ってやれば？　喜ぶだろ」

「う、うん……でも……」

手の中でゆるくお札を握りながら、なんか変だと萌香は怪しむ。

翼は基本的に情に厚い人だけれども、無償奉仕に喜びを見いだすタイプではない。得することはふつうに好きだし、何かをするのに交換条件をつけることはよくある。そして、条件をつけるなら要求分はきっちり回収しにいく。

だから、奢るはずが奢られるというこの状況は何かにおう。

萌香は急いで翼を追いかけた。

「翼、やっぱり払う。なんか裏がありそうで怖い」

「さっすがー、分かってんじゃん」

何食わぬ顔で翼は言った。「え」と身構える萌香に対し、彼はやけに気持ちのいい笑顔を向けてくる。

「ラーメン奢るかわりに一個頼みきいて」

「やっぱりそうくるの!?　ええ、なにー？」

「占いやって」

「やだ」

プレミアものの笑顔が一瞬で消えた。

「即答するなよ」

「ちょっとそんな予感がしてたの。やだよ。もうやんない。心臓に悪いもん」

「ラーメン食ったろー」

「だから払うってば」

「あー雷うるさくてきこえない」

　子どもみたいなことを言う。

　なにが雷だあんなに晴れてたのに——と目の端でにらんだが、ラーメン屋に入る前は真っ青だった空は、確かに禍々(まがまが)しいほど暗くなっていた。空を見上げる鼻先に、ぽつんと冷たいものが落ちてくる。

　例年よりも早めに梅雨(つゆ)明けが宣言されたが、待ちきれない勢いで夏が迫ってきていた。夕立かもしれない。今度は頬(ほお)で水滴が弾(はじ)け、すぐにアスファルトにポツポツと大きなシミができ、そこらじゅうから雨のにおいがのぼり始める。

「うわ、本格的に降りだすなこれ」

「わたし傘ないよ」

「俺折りたたみ傘ある」

「やった、わたしも入れて！」

「いいけど。この貸しはデカいなー」

　嫌味たらしいセリフと同時にバサッと黒い傘が広げられる。とたんに降りだす強い雨。

萌香はすぐに傘の下に引っ張りこまれ、雨からは守られた。が、それは悪魔の手によって逃げられない世界に閉じこめられたも同然である。

「さあどうする」

前髪をあげた悪魔がにやっと笑う。その肩は傘からはみ出し濡れ始めていて、萌香はありがたくも悔しい思いで鞄を抱きしめ、仕方なく、しぶしぶ、気は進まないけれどきいてみる。

「……ちなみに何を占うの」

「さあ。そこまできいてない」

「え、翼のことじゃないの？」

「俺ならばあちゃんに頼むもん」

道理である。

「じゃあ誰に頼まれたの？　コンちゃん？」

この街で萌香と占いを結び付けられる人は少ない。祖母と翼一家、そして翼の古くからの友だちであり、クラスメイトでもある近藤弥太郎くらいだ。

「弥太郎は言わねーって。能力は消えたとか言ったら本気で信じたし。馬鹿だから」

「違うでしょ。翼が知らんふりしてくれって頼んだんでしょ。わたし知ってるから」

「あーそうだっけ？」

「適当だなあ、もう。で、本当は誰のお願いなの？」

じれて核心に迫ると、翼はあっさり白状した。

「薫子さん」

「へぇっ!?」

思わず変な声が出た。なにそのリアクションと翼が爆笑し始め、彼が支配する傘の下の世界が小刻みに揺れる。

一瞬頬に雨の冷たさを感じた。でも、すぐに忘れる。

なにしろ思いもよらなかったのだ。あの遠回りな占いに、二度目の依頼があるなんて。


テスト期間が終了した教室は、やけに浮ついた空気で満たされていた。

さっそく部活に走る人もいれば、帰り支度もせずにダラダラしゃべっている人もいる。テストの出来に喜んでいる人も、落ちこんでいる人もいる。

萌香は、そんなクラスメイトの誰とも違う気持ちでそわそわしていた。鞄にスマホ、折りたたみの日傘を順に掴(つか)み、最後に大きな帆布(はんぷ)のトートバッグをぐいと肩に引っかける。

準備完了。よし行くぞ。

テスト以上の意気ごみで、席を離れようとした、そのときだった。

「モカちん、アイス食べに行こうよー。あたし今日まで部活休みなんだ」

後ろから真瑠莉（まるり）がひょっこり顔を出してきた。いつもはゆるふわな髪をおろしている彼女が、今日は試験に集中するためかこじゃれたアップスタイルで、にっこりする顔がたまらなくかわいい。何もなければ「よろこんで」と即答するところだけれど、あいにく今日の優先順位一位は譲れないものだ。萌香は胸の前で手を打ち合わせた。

「ごめん。今日行くとこあるんだよね」

「えー、そうなの？　残念……」

「彼氏と行ったら？　ふだん部活ばっかでできないでしょ、放課後デート」

「うん……。でもあっちはまだテスト期間中だから我慢なの。あー、モカちんダメかー。蘭（らん）ちゃんももう帰っちゃったんだよねー」

軽く教室を見回し、真瑠莉は小さく肩を落とした。萌香も同じように確認したが、にぎわう教室のどこにも蘭の姿はない。

「そういえば、最近蘭ちゃん帰るの早いよね。バイト忙しいのかな。テスト中もぜんぜん休んでなかった気がする」

「バイト先に彼氏いるから、逆にシフト入れてるんじゃない？　あたしはちょっとがんばりすぎな気がしてるけど」

「そうだよね。無理してないといいけど」

と、そんなことを話していると、手の中でスマホが振動した。手帳型のケースを少し開くと、レッサーパンダのアイコンから伸びるふきだしに『まだ？』の三字が躍っている。

萌香はぱたんとケースを閉じた。

「まるるん、ごめん。人待たせてるから行くね。また遊ぼ」

「あ、うん。今度日曜日に部活休みのときあるから。三人で遊びいこー！」

「うん、行く行く！　じゃあねー」

手を振りあって真瑠莉と別れ、急いで校門の前にあるバス停を目指す。

今日はこれから木津谷リサーチを訪ねるつもりなのだ。

「遅い」

「ごめん、暑かったよね」

金魚のうちわで暑さをしのいでいた翼と合流し、二分後に来たバスで駅前へ。

「緊張してる？」

「ううん、あんまり。意外に落ち着いてるよ」

そんな話をしながら駅前の横断歩道を渡ったら、すぐに目的地に到着した。

駅から徒歩二分の好立地にある、五階建てのビルである。

一階はひっきりなしに人が出入りする大手のコンビニ。二階は予約必須の有名レストラン。三階は会計事務所の表示があり、そのひとつ上の階の窓に大きく『木津谷リサーチ』の文字が掲げられている。

「駅前とはきいてたけど、ほんとに駅の真ん前なんだね」

「家賃高そー。経営苦しそうな感じだったのに」

やたら現実的なことを言う翼とともに、口を開けたままビルを見上げる。

薫子からの紹介なら断れないとひとまずここまでやってきたものの、こうしてきちんとしたオフィスが構えられているところを見ると、否が応にも身が引き締まる。

依頼人は二十四歳の若奥さまということ以外は分からないし、どんな依頼かも分からないから怖いのだが、前回散々ダメなところを見てしまった薫子が、それでも仲介するのだから、相手もハードル低めでくるだろう。自分はできる範囲でやれるだけやればいい。そういうことにしておく。

萌香は銀盤を入れたトートバッグを胸に抱きしめた。

「じゃあ、わたし行ってくるよ」

「おー。がんばれよー」

「うん。ありがと。またあとで」

萌香は日傘をたたみ、タオルハンカチを首に押し当てながらビルの入り口へと進む。翼はこの近くの高校に進学した友だちと遊ぶ約束らしく、今日は萌香ひとりでの挑戦だ。

とりあえず失礼のないように……と、エレベーターが降りてくるのを待ちながら、スマホで時間を確認する。約束の五分前。いい時間である。

「よし、がんばる」

ゆっくりめに動くエレベーターの中で気合いを入れ、四階まであがると、ちょうど階段をあがってくる一路と鉢合わせた。

サングラスこそないものの、今日も反クールビズの装いだ。手には――なんだろうか、上から布をかけた四角い箱を、ジュエリーボックスのように大切に持っている。

「こ、こんにちは！」

不意打ちにびっくりしたのと緊張とで少々詰まりながら、萌香はぺこりとあいさつした。

「こんにちは。暑い中ご足労をかけます。どうぞ中へ」

相変わらずにこりともしないものの丁寧にそう応え、一路は箱を持ったままやや不自由そうに木津谷リサーチの扉を押し開けた。

一瞬、室内の冷気と萌香が連れてきた熱気が戸口で渦を巻くように混じりあう。

「あ、萌香ちゃん。ごめんねー、学校帰りに」

そろそろと室内に入ると、机の向こうで薫子が立ちあがり、真っ直ぐこちらに向かってきた。今日は涼しげなストライプのシャツに黒のスキニーパンツという格好だ。耳元ではゴールドの螺旋ピアスが揺れている。

薫子は今日もかっこいい。萌香はにっこりした。

「期末テスト終わったし、余裕です」

「ほんと？　ありがと。あ、入って入って。あっちに座ってて」

「はい、お邪魔します」

　薫子が指し示した窓際の方には、重厚なソファセットがあった。萌香はそこに通学用の鞄と占い道具の入ったバッグをおろし、そわそわと室内を見回す。

　意外にお堅いというか、地味な雰囲気のオフィスだった。若い女性社長の城だから、おしゃれなインテリアでキラキラしているものと思っていたけれど、机も椅子もソファセットも、そこに転がっているペンの一本さえも典型的な事務用品でそろえられている。棚の上の真っ赤なコーヒーマシンだけが場違いにスタイリッシュだ。

「コーヒーいれるね。イチロー、お菓子出してー」

　奥に一箇所扉がある以外は仕切りも壁もないオープンな空間に、薫子の声はよく響いた。机はひとつきりだ。他に従業員がいるふうではない。そして今のところ依頼人らしき人の姿もなかった。室内では夫の一路だけが静かに立ちまわっている。

「萌香ちゃん、今日はひとりなんだね。少年も来るかと思ってた」

「あ、はい。翼は遊びに行くって言ってました。たぶんまだその辺にいると思います。下のコンビニで友だちと待ち合わせって言ってたので——あ、いますね」

　窓の下で、翼はガードレールに腰をかけスマホをいじっていた。『上、上』とメッセージを送るとすぐに気づいて、顔を上げる。薫子と二人して手を振ったら、ぜんぜんうれしそうにはしないものの、右手をグーパーして応えてくれた。

あまのじゃくだが律儀な人なのである。

「かわいいよね、あの子」

二組のカップをローテーブルに並べながら、薫子が小さく笑った。

「そうですか？」

店番中はともかく、そうでないときは律儀でも愛想がないのが翼である。かわいげという点では皆無だと思うのだが、夫が堅物だと基準が甘くなるのかもしれない。お菓子を配膳する一路氏は今日も絶好調に不愛想である。

「ところで薫子さん。今日は誰のどんなことを占えばいいんですか」

コーヒーと山盛りのお菓子がテーブルに並び、うっかりするとそのままふつうのお茶会になってしまいそうで、萌香は飲みものをいただく前にそう切り出した。薫子も、今思い出したという顔をして、くちびるに当てていたカップをいったんソーサーの上に戻した。

「そうそう。今日の本題。ある金庫の番号を占ってほしいんだよね」

「――金庫？」

ついつい声がひっくり返った。メインクーンと並ぶくらい突拍子もない単語だ。

「どういうことですか。番号が分からなくなったってことですか」

「そ。デジタルロックの金庫なんだけどね。暗証番号が分からなくて開けられないの」

「はあ……」

「もうお手上げでさ。古いものらしくて製造メーカーは倒産してるし、非常用の鍵はどこ行ったか分からない。トリセツもないから番号の初期化の仕方も分からない。困りに困ってメアリさんにも一回頼んだんだよ」

「グランマにも？」

「うん。でも断られた。ほら、前に言ったでしょ。透視みたいなのは断られたって」

ああ……とうなずく。透視のようなピンポイントの占いを祖母が断ったという話だ。きいたときにはなんでだろうと不思議に思ったが、なんだか納得だ。金庫の番号を調べる……なんて、占い師の元に持ちこむべき相談ではないと思う。

それ以前に、無関係の人間が金庫の番号を探ろうなんて、なんだか落ち着かないことだ。他人の財布に手を触れるのがためらわれるのと似た感覚である。正常な人間なら、それはダメだと良心が止めるようなこと。

「何か気にかかることとでも？」

黙ったことで萌香の迷いを察したのか、一路が声をかけてきた。ソファにはかけず、事務机の傍ら(かたわ)で待機している。

萌香は夫婦それぞれを見たあと、少しためらいながらうなずいた。

「なんか、金庫破りみたいってちょっと思ったんです。あ、べつにお二人を疑ってるんじゃなくて、わたしの捉(とら)え方の問題っていうか」

「ご自分の感覚に照らして再考するのは重要なことです」

うまく言えない萌香に、一路はひと息にそう言った。薫子もうなずいている。

「イチローの言うとおりだよ。頼まれたからってなんでもホイホイ受けてたら痛い目に遭う。あたしも依頼があったときには時間をかけて調査目的のヒアリングをするからね」

「薫子さんも迷ったりするんですか？」

「もちろん！　熟考に熟考を重ねるよ」

薫子が弾むように答えた瞬間、「異議を唱えます」と冷たい声が横入りした。一路である。

顔をしかめた妻と静かな夫の視線がバチッとぶつかる。

「何を唱えるって？　イチロー」

「あなたの判断は善悪の感覚ではなく損得とリスクの感覚に基づくものです。萌香さんとは明確に方向性が異なります」

「ちょっと。人を計算高いやつみたいに言わないでくれる？」

「事実を申し上げたままでですが」

「──今夜の麻婆(マーボー)豆腐に死ぬほど山椒(さんしょう)入れてやる」

「いいですね。痺(しび)れます」

唐突に過激になる妻。それをさらりとかわす夫。

（なにこの夫婦ー！）

思わずにやけそうになるのを必死にこらえていると、薫子が「と・に・か・く」と、急にビシビシとシャツの襟を伸ばし始めた。

「今回は心配いらないよ、萌香ちゃん。金庫の持ち主は他界してるから勝手に開けたって文句言わないし、ダメ元だから開かなくてもぜんぜんオッケー」

ダメ元で、オッケー。聞き覚えのあるワードに、萌香は目をパチパチさせた。

「……薫子さん、今回の依頼人さんってもしかして」

「そう、あたし」

にっこり笑った二十四歳の若奥さまは、「金庫破り大歓迎」と、萌香がこの先一生きくことはないだろう台詞を、実に豪快に口にするのだった。

軽くコーヒーをいただいたあと、萌香はさっそく現物を見せてもらった。

「これ、ほんとに金庫なんですか？」

「そうだよ」

薫子はあっさり肯定したが、萌香は信じきれずにローテーブルに置かれたそれを前後左右から確認してしまう。

問題の金庫は、それくらい金庫らしくないものだったのだ。

まず、小さい。

金庫と言われてさすがに銀行にあるような大掛かりなものは想定しなかったけれど、少なくともオーブンレンジくらいの家庭用金庫を思い浮かべていたのだ。

しかし実物の大きさはせいぜい百科事典を二冊重ねた程度。上開きで、手をかけるためのくぼみや開錠するためのテンキーも、上面についている。金属製で頑丈そうではあるもののたやすく持ち去られそうなサイズで、先ほどまさに一路の手によって階下から運ばれてきたジュエリーボックスのようなあれが、問題の金庫なのだった。

「ホテルとか旅館の客室なんかでこういうのが使われてることがあるんだよ。ちょっとした貴重品を入れたりするの。事務机の袖にも入るから、鍵をかければ二重にロックできるのね」

「確かに入りそう……。これも机の中に入ってたんですか？」

「ううん。目につくところに入ってればもっと早く気づいたんだけど、これ、なぜか棚の上にあって、その上に日本人形が飾ってあってさ。あたしずっと台座と思いこんでて」

去年の暮れに大掃除をしているとき、ようやく金庫だと気がついたと彼女は苦笑いした。

確かに上面を隠すとただの金属の箱だ。飾り物が乗っていれば台座にしか見えないだろう。

「ここにあったからには祖父のものだと思う。資産整理はしてあったから高価なものは入ってないと思うんだけど、一度は開けておきたいんだよね」

「番号の手掛かりってないんですよね」

念のため確認すると、「これに関してはないね」と薫子は答えた。少し含みのある言い方に思えて首をかしげると、彼女は心得ているとばかりにうなずき、

「うちの祖父、病気してから終活してて、あらゆる暗証番号を事前に統一してくれてたの。四桁（けた）のものは四桁、八桁のものは八桁でそろえて、IDなんかと一緒に一覧にして書き残してあった。ケータイのロック番号だけはべつだったけど、あれは押しやすさ重視だってきいてたし。この金庫のことは忘れてたのか、そもそも重要なものが入ってないからか、リストの中に入ってなかった」

「念のため記録されていた番号も試しましたが、開錠には至りませんでした」

一路が補足すると、薫子は「つまりお手上げ」と、言葉どおり両手を投げ出してみせた。

萌香は、改めて金庫上面のテンキーを確認した。0から9までの数字に加えてメニューボタン、施錠（せじょう）・開錠のボタンの計十二個が、縦に四つ、横に三つの形で並んでいる。

「これ、何桁入れるんですか?」

「四桁だね。それ以上は入らない。ごめんね、地道に入れてけばいずれ当たるんだけど」

「はい……でも、わたしが同じ状況でも絶対やらないと思います」

0から9までの数字で、四桁の組み合わせ。計算するのも面倒なくらい膨大な回数試さ

なくてはいけない。短期集中で攻めるにも、長期戦で臨むにも、困難であることは目に見えている。

「ちなみに鍵屋の知り合いが言うには物理的に破壊すれば開けられるらしいんだけど――」

「断固として反対します」

「――って、イチローが邪魔するのね」

「当然です。内容物が不明である以上手荒な手段は避けるべきです。金庫そのものも遺品ですし、破壊するなど言語道断。先生の遺品を粗雑に扱うことは決して容認しません」

さながら壁が迫ってくるような口調で一路氏は主張する。薫子は渋い顔だ。

なるほど夫婦で意見が割れていて、お互い譲れないらしい。

なんとなくピリッとした空気を感じて、萌香は心もち身体を小さくした。そっと薫子に目をやる。

「えっと……薫子さんのおじいさんって、先生なんですか？　この会社をやってたんじゃ」

「ああ、うん。イチローの、先生ね。もともとは税理士なんだよ。下で事務所開いてて、イチローに顧客を引き継いでからこっちの会社始めたの。『引退したあとくらいは好きなことやるんだ！』とか言ってさ」

「へえー！　……え!?　ということは、一路さん税理士さんなんですか!?」

一瞬聞き流しそうになって、萌香はその人を見た。

無言で首肯する彼。「言ってなかったっけ？」と言ってきょとんとする薫子。

萌香は「初耳ですよ！」とテンション高く言い返し、熱いため息をついた。一路が堅気の人に見えないのは外見だけだと分かっていたけれど――税理士。なるほど彼がいろいろ堅いのも納得だ。

「ちなみにファイナンシャルプランナーでもあるよ。あたしの方が忙しいときは遠慮なく招集してるから、ダブルワーカーでもあるし、このビルのオーナーでもある。そして何より忘れちゃいけない、あたしの会社を潰そうとする悪の親玉」

「人聞きが悪いですね。家賃を徴収するのも経営状況を指導するのも私の務めです」

「はいはい正論。面白くない」

「あいにく職務に面白さは求めておりません」

「でしょーね」

薫子が頬にかかった髪を乱暴に払った。彼女は少々不愉快そうだったけれど、萌香の心はあっという間にピンク色の花びらで満たされる。

この二人、ふつうの夫婦ではないと思っていたけれど、要は仕事の上でもパートナーだということだ。監視役が監視対象にほだされたという素敵なストーリーは完全に崩れてしまったけれど、かわりに見えてきたのはお堅い税理士と奔放な女性社長が紡ぎ出す物語。

ふつうなら絶対に関わりあわないタイプの二人が、薫子の祖父を接点に知り合って？

何かがあって絆が生まれて？　最終的に結婚した？

（ああこれ、二人の過去編切実に待ってます――のやつ！）

「まあともかく、そういうわけで穏便に開けたいんだよね」

薫子が再び金庫に目を落とし、ひそかに興奮に震えていた萌香は気を引き締めた。

ひたっている場合ではない。平和的な手段で開けるために――ひいては夫婦仲を平穏に保つために、暗証番号が必要なのだ。

身体に一本線を通すように、びしっと姿勢を正す。

果たして暗証番号が占いで読めるものなのか分からないけれど、薫子の希望なら叶えてあげたい。前回のことで少しは自信がついた。ずばり解決とはいかないまでも、手掛かりくらいは摑めそうな気がしている。

萌香は真っ直ぐに薫子を見た。

「わたし、挑戦してみます。ちょっとだけ待ってもらってもいいですか。準備します」

「もちろんだよ」

「私は退席しましょうか」

「いえ、大丈夫です。難しいことはしないので」

一路の申し出をやんわり断り、萌香はトートバッグの中から風呂敷に包んだ銀盤とともに、薄い冊子を取り出した。

小六の夏に翼とやった、自由研究をまとめた冊子だ。
祖母から占いに関するあらゆることを聞き取り、萌香がノートにまとめ、翼がパソコンで打ちこんで作ったもので、祖母が描いた《王族たち》のカードをスキャナーでとりこんだり、当時新聞部所属だった翼の兄にレイアウトを整えてもらったりしたおかげで、図鑑のように立派に仕上がっている。もしかしたら役に立つかもしれないと思って持ってきたのだが、正解だった。

萌香はその冊子を、まさに図鑑で調べるようにめくった。

《夜の女王》に《糸繰り王子》、《星読み老王》、《実りの姫君》……たくさんの《王族たち》の中で、金庫の番号をたずねるのにふさわしいのは誰だろう。

番号を探すという意味では失せ物探しに強い《夜の女王》だけど、今回の場合は番号を失念したとか、番号を書いた紙を失くしたというわけではないから、なんとなく違うような気がする。

たくさんの書物に埋もれている《星読み老王》はありとあらゆる知識を蓄えた物知りだが、金庫の番号をたずねるのにふさわしいかというと首をひねってしまう。

《実りの姫君》の守備範囲は恋占いだし、《糸繰り王子》は対人運、《先駆け覇王》は勝負運……どれもしっくりこない。

どうしようかと終わりの方のページをめくったとき、金貨の山に気だるげに寝そべる少女の絵が目に入った。常に天秤を傾けて儲けが出る方を探している——という《揺らぎの王女》だ。金運を占うときに頼りになると書いてある。

（金運か……）

ぴたりとハマるかといえばそうではないけれど、もし金庫の中身がとんでもなく貴重なものだとしたら、開くか開かないかで薫子の今後が大きくかわるかもしれない。広い意味では金運を占うといえなくもない。

自信はないが、他にあてになりそうな《王族たち》はいない。萌香は顔を上げた。

「やってみます」

「お願いね」

力の入った様子の薫子に一度大きくうなずいてみせ、萌香は金庫の横に銀盤を置き、家で水筒に詰めてきた汲み置きの水をゆっくりと流しこんだ。

——《揺らぎの王女》、応えてください。

水面が落ち着くのを待ち、慎重に呼びかける。《揺らぎの王女》ははじめての相手だから、どんな態度が好まれるのかは分からない。そんなときはできるかぎり礼儀正しくしておいて、相手に合わせていくのがいい。人付き合いと同じだ。

ほどなくして銀盤の底が金色に輝き始めた。

銀盤がこういう風に反応するのははじめてだ。目を細めながら注意深く観察していると、すぐに祖母が描いた絵のとおり、金貨の山に寝そべっている華奢な少女の姿が見えてきた。
豊かな金色の髪にカチューシャ風の銀のティアラが輝いている、愛らしい王女だ。ギリシャ神話をほうふつとさせるようなドレープたっぷりの白い衣装に周囲の黄金が照り映え、グリーンの瞳が大粒の宝石のようにきらめいている。

——えーと、こんにちは。

そうあいさつするのも妙な感じだが、なにせ初対面なので自己紹介なんかしてみる。
しかし反応はうすかった。彼女は寝そべったまま、テレビを流し見しているかのようにこちらを眺めている。あまり行儀のいい人ではないようだ。ずり上がったスカートの裾から右膝がのぞいているのにも頓着せず、愛用しているはずの天秤が足元にひっくり返っているのさえ見向きもしない。

——えーと、金庫を開けたいけど暗証番号が分からないんです。手を貸してください。
気を取り直して率直に伝えるも、《揺らぎの王女》は無反応だった。しばらくはこっちを眺めていたがすぐに興味を失って、手元の金貨を一枚つまんでみせたかと思うと、手の中でもてあそんで変なところに放り投げる。
遠回しに面倒だとアピールしているかのようだった。見せつけるように欠伸までする。

——ダメ？

たずねてみても、彼女は何とも答えないままダラダラしている。

萌香は遠くを眺めたくなってきた。

銀盤の底に《王族たち》の姿が見えているのに答えを授けてもらえないなんて、はじめての経験だ。

それほどキャリアはないにしても、気難しい性格の《夜の女王》や、子どもらしく自由気ままな《糸繰り王子》にだってこんなに困惑したことはない。

（頼みごとされていやだってわけじゃなさそうだけど……）

ついには指先に金貨を立てる遊びを始めた王女を、萌香はじっと観察する。

そもそもこちらの要求をきく気がないなら姿を現さないはずで、こうして萌香の呼び声に応えた以上は協力する気がないわけではないと思う。

しかし《揺らぎの王女》に意欲は感じられない。

（面倒くさそうというか……退屈そう？）

萌香はいったん交渉をやめ、考えた。

祖母いわく、《揺らぎの王女》は常に天秤を傾けて儲けが出る方を探しているという。

ということは、儲け話が嫌いではないはずだ。

――ねえ、金庫が開かないと薫子さんが損するかもしれないんだけど、どう思う？

試しにそうたずねてみると、《揺らぎの王女》が少しだけ頭をもたげた。

興味が出たらしい。オモチャを見つけた猫のように、じっとこちらを見てくる。

チャンスとばかりに萌香は心の声で説明した。

もしも金庫が開いて、高価なものが出てきたら、薫子は大儲けだ。

でもこのまま金庫が開かなかったら最悪の場合物理的に破壊することになって、中身によらず薫子は金庫を失う分だけ確実に損をする。

金庫の番号が分かって穏便に開けることができれば、彼女にとって一番損が少ない。

――そう思わない？

言葉を選びながら丁寧に説明したあとでそう問いかけると、《揺らぎの王女》はうすく笑い、緩慢に動き始めた。さながら陸に上がった人魚のように上半身を起こし、天秤をたぐりよせてゆったりと持ちあげる。

ゆらり、ゆらゆら、上下する左右の皿。緑の目がしきりに動く。ずっと気だるげにしていた彼女なのに、天秤が揺れるたびに悪戯好きの妖精みたいに笑っている。楽しそうだ。ひょっとすると彼女は、儲け話よりも損得勘定そのものが好きなのかもしれない。

――番号、分かる？

頃合いを見計らって核心的な質問をすると、《揺らぎの王女》は手をおろして立ちあがった。そうしてベッドにしていた金貨の山から幾枚かを拾い、裾を引きずりながら一枚ずつ足元に並べていく。色形に差のない、まったく同じ金貨を三枚。

その行動の意味をはかりかねて見ていると、彼女は同じように金貨を拾って並べる動作をくり返した。今度はいっきに七枚を。さらに三枚を並べ、ついには九枚もの金貨を並べた。ふうと、彼女は肩で息をつく。

──3、7、3、9……ってこと？

確認すると、《揺らぎの王女》はその是非を答えることもなく、いかにも疲れたというように手をだらんとさせ、金貨のベッドに横たわった。とたん、彼女の白いドレスも黄金の輝きも、すべてが強い光に包まれた。

あまりにまぶしくて目をつぶり、次に目を開いたときには、銀盤はもう元どおり銀色の輝きをたたえていた。

占いは終わりだ。いちおう答えはもらえた。そういうことにしておく。

「『3739』……『3739』かもしれません」

顔を上げると、向かいのソファにかけていた薫子とその後方に佇む一路が、似たような表情で固まっていた。なぜだろうか、驚愕の顔だ。息も止まっているように見える。

「あ……すいません。わたし変なこと言ってました？」

集中するあまり、《揺らぎの王女》にぶつけていた心の声が口から漏れ出ていたかもしれない。焦ったが、さいわい二人は小さく首を振った。一路が軽く咳払いをする。

「申し訳ありません。予想外の回答でしたので驚きました」

「本当……うん。びっくりした」

口元に当てられた薫子の手の下から「はーっ」と長い息が漏れ、萌香は首をかしげる。

「心当たりのある番号なんですか」

「うん。『３７３９』……それ、祖父が書き残していた番号」

「えっ」

「『３７３９』……みなサンキューって。四桁の番号は全部それに変更されてたの。すごいよ、萌香ちゃん。さすが……」

薫子は、称賛しながら軽くひいているような気がした。

そりゃあ、知らせていないはずの番号が見えたと言ったら驚くだろう。萌香が薫子の立場だったらぞっとしていたかもしれない。

しかし萌香はあんがい冷静だ。見えたものが必ずしも正解ではないと心得ているし、人の話はちゃんときく性分である。だから自分で気がついた。

「『３７３９』が書き残してあった番号なら、もう試してるんですよね」

「ああ――えっと……そっか。そうだ」

目が覚めたような顔をして、薫子は言った。

つまり『３７３９』は正しい番号ではないということだ。

「なに、華麗にゴール決めたと思ったらオフサイドだったってこと？」

「わたしサッカーよく分かんない」

「じゃあホームランだと思ったらポールの外だったっていう」

「野球も分かんないよ」

「とにかく当たったと思ったらはずれてたってことだろ」

「そういうことです」

帰宅ラッシュが始まりかけている午後五時すぎの駅前ロータリー。萌香がやけっぱちの笑顔で認めると、翼は目をすがめて大空を見上げたあと、おおいに脱力してつぶやいた。

「なんでだよ……」

「そんなのわたしがききたいよ」

ぼやきながら、携帯扇風機の風を顔面に浴びせかける。さっき翼がクレーンゲームでとったというキリン型の扇風機だ。長い首が持ち手で、羽根に描かれたしっぽが高速で回転する、というなんとも斬新なデザインだが、ゲームの景品とは思えないくらいしっかり風を起こしてくれる。

日は傾き始めているけれど暑さは少しもおさまらず、同じようにバスを待っている人たちは一様に少ない日陰に身を寄せているところだ。小さな扇風機でもずいぶん救いになる。

「んー……」

翼が、愛用のミニうちわを揺らがせながら重く唸った。

いちおうはじめて《揺らぎの王女》にきいてみたこととか、なかなか答えをもらえなかったことを苦労話として伝えてみたが、あまり響いていないようだ。

「ほんとに開かなかったのか？　ちゃんと試した？」

「もちろんだよ。やってみたけどやっぱりダメだった」

テンキーは反応したから電池切れというわけでもないし、一定回数以上の誤入力で制限がかかるような仕組みでもなかった。開かないのは単純に番号が一致しなかったからだ。

「ケータイのロックだけ違う番号ってのが気になるけど」

「それはわたしも思ったけど、数字そのものより押しやすさで設定してたって言ってたよ」

「あー、操作性の問題か。……確かに『３７３９』だと押しにくいな」

実際に自分のスマホで試してみてから、翼は納得した。３も７も９もテンキーの端に配置されているから、指の動きがスムーズにいかない。携帯電話のロック解除は日に何度もするものだから、それだけは使いやすい番号に設定してあったようだ。

ちなみに、その番号でも開錠には至らなかった。

（今回は当たると思ったんだけどなー……）

扇風機のぬるい風に吹かれながら、萌香は思う。

四桁の数字を占って四つの数字が提示されたのだから、それなりに手応えは感じたのだ。

それが薫子の祖父が書き残した番号だときいた瞬間は自分でも期待に胸がふくらんだ。

しかし結局ははずれだった。三度入力してすべてエラーとなったから間違いない。どうにも口惜しいが、これが現実である。

「いや、やっぱおかしい」

萌香が深く息を吐き出したとき、黙って何事か考えていた翼が急に背筋を伸ばした。いつの間にか風を生むのをやめていたうちわが、ビシッと萌香の目の前に突きつけられる。

「死んだじいちゃんが書き残した番号と同じ番号が見えたんだろ？　だったらそれで開くはずだ。開かなきゃおかしい」

「だから開かなかったんだってば」

「じゃあまた何か見間違いとか取り違えとかしてるんだよ。具体的にどう見えた？」

尋問が始まって、萌香はげんなりする。

同じだけ黙っていたのに、萌香と翼では思考の着地点が真逆だったようだ。

「もういいよー、すんだんだから。薫子さんも、どうせ開いても開かなくても今までとかわらないから気にしないで――って言ってたし」

「よくない。答えが見えた以上は当たってるんだ」

「その謎の信頼どこから来てるの？」

「経験と実績。萌香の占いはどんな回りくどくても最終的には当たるんだよ」

わりとしっかり者なのに、こういうことを真顔で言うから翼はおか、し、い。面白いという意味でも、変という意味でも。萌香があきれているのに、うちわをあごに添えて「『3739』は何かの暗号かも」なんて大真面目に考え始めている。

「なあ、薫子さんは何か気づいてなかった？　結果が出たら読解力と推理力はたらかせてくれって、前もって言っといたんだけど」

翼は真剣だった。真剣すぎて、詐欺に遭いかけている人を見ている気分になる。

「翼……わたしの占い信用しすぎだよ」

語りかける声が自分でも高レベルでやさしいものだと分かる。

「翼も分かってるでしょ？　わたしはあてにならない遠回りな占いしかできないの」

「遠回りなのは経験値足りないからだろー。この際だからばあちゃんに習って本格的にやればいいんだよ。どうせ三年間はこっちにいるんだし」

「そういう問題じゃなくて。そもそもわたしは――」

「才能あるのはバレてんだからな」

『妖精の悪戯』に遭ってないんだからまともな占いができるわけないんだ――と言いかけたのに、思いきりさえぎられてしまった。絶対譲らんという翼の顔。ダメだこれは。

萌香はやさしい説得を断念した。もー、と、すっかりいつもの調子に戻って反論する。

「才能なんかないよー。試験前にヤマはって当たったことないもん」

「じゃああれ」

あきらめの悪い翼が、駅の壁に貼りつくように並ぶ自販機のひとつを指さした。小学生の男子の集団がジュースを買っている、オレンジ色の台だ。みんな小さな財布やＩＣカードを取り出している。

「あの自販機当たりつきじゃん？　何人目で当たると思う？」

「えー、三人目？　――って、それ正解確かめようがないじゃん」

やる気もなくノリツッコミを決めた、すぐあとだった。

突然小学生たちがワッとわいた。続けて「すっげー！　当たった！」とはしゃぐ声がきこえてきて、ぎょっとする。

小学生は五人組で、そのうち二人はすでにペットボトルを握っていて、ひとりが今まさに商品を取り出すところだ。残り二人は手ぶら。

思わず翼と顔を見合わせた。ハハ、と笑う彼の口元が大きく引きつる。

「さらっと当てるなよ、ふつうにビビる……」

「いや――ちが、違うよ！　偶然だよ！」

「俺は偶然とは認めない」

「そんな真顔で断言しないでよ！」

扇風機も追いつかない勢いで汗がふきだしてくる。

才能？　違う。本当に、適当に言っただけなのだ。それがたまたま当たっただけなのだ。予知でも第六感でもない。まして才能なんてありえない。もしも才能があるのなら、とっくに金庫が開錠できている。そうだ、そのとおりだ。以上、証明終了――。

「だいたい才能なきゃ《糸繰り王子》とか見えねーじゃん」

いつの間にか勝ちを確信したような顔をして、翼がまたうちわであおぎ始めた。機嫌よさげにひょこひょこ揺れる逆立ちした前髪。

もう証明はすんだのに……と、釈然としない思いで黙りながら、萌香はあの夢のことを思い出す。《糸繰り王子》が糸を結んでくれた夢だ。これは特別だと知らしめるような、黄金の糸。結ばれたのは中指だったか。

「……そういえば、わたしあの夢見てから出会ったのって薫子さんたちだけだ。てことはあの夢が暗示してたのは薫子さんたちのことだよね。うれしいなー」

豪快で大人かっこいい薫子と、怖い見た目に反してかなり常識的な一路。歳は離れているし性格もまるで違い、指輪もしていないけれどなにやらドラマチックな予感のする、ちょっとかわったあの夫婦。思い出すと、急に心が晴れやかになる。どこがどうと説明できないけど、なんか好きなのだ、あの二人。思わず「ふふ」と笑ってしまうくらい。

ひたっていると、翼が見せつけるように目を据わらせた。

「……《糸繰り王子》の夢は信じて自分のことは信じないその矛盾はなんなんだ」

「えー、翼だって自分で空を見るより天気予報を頼りにするでしょ？　それと一緒だよ」

「は!?　ぜんぜん違うだろ！」

「違わないよー！」

　思いがけず強い言葉がぶつかり合った。

　お互いぐっとおなかに力が入ったのが分かり、翼は無理やり上下のくちびるを縫い合わせたような顔でスマホをいじり始め、萌香は横を向いて黙りこむ。

　これ以上言い合えば大炎上は避けられない。お互いに分かっているから黙るのだ。

　三番乗り場に青い車体のバスがやってきた。安浪神社とは反対方面に向かうバスだ。

　萌香は扇風機の角度をかえ、前髪をそよがせながら、ふてくされた思いで人波を眺める。

（早く帰りたい……）

　気まずい空気に足の指をもぞもぞさせていると、ふと、そばに立っていた前髪アシンメトリーの男の人と目が合った。面長で、以前ＳＮＳでバズっていた、『イケメンアルパカ』をほうふつとさせる人だった。じっとこっちを見ている。

（うるさかったかな……）

　萌香はいちおうお詫びの会釈をして、小さくなった。翼はスマホの画面に集中していてちっとも気づいておらず、萌香ひとりが気まずい。共犯なのに。

「……万馬券当てられそう」

エンジン音やバスのアナウンスに混じって、何かきこえた。

反射的に顔を上げると、再び『イケメンアルパカ』と目が合い、まさにアルパカみたいなとぼけた表情で、彼は「すごいなあ」とつぶやく。

一瞬ぽかんとしてしまった。

しかしその言葉を理解するよりも先に嫌悪感がきて、萌香は跳ね返るように下を向く。その拍子に扇風機が変な方に風を飛ばし始めて、制服の袖が浮き始めた翼が、「なに？」と鼻先をこちらに向けた。

萌香は、とっさに彼の手を引っ張った。

「のど渇いた。ジュース飲もう。奢る。扇風機のお礼！」

「は？」

ほうける翼を問答無用で連行し、ガチャガチャと小銭を自販機につっこむ。

手足はまともに動いているけれども、心臓は変にドキドキしていて、うわうわうわとわけの分からない悲鳴が頭いっぱいに広がっていた。とにかくあの人を視界から消したい。あの人の視界から消えたい。

「んじゃ俺、コーラ」

萌香の困惑など知る由もない翼が、上機嫌でボタンを押した。続けて萌香はレモンソーダを買い、元の位置には戻らずその場で豪快にキャップをひねる。

さいわい、『イケメンアルパカ』はこっちを見てはいても近づいてくる気配はなかった。いきなりのことで驚いたけれど、状況的には女の子が街でイケメンを見かけてきゃあきゃあ騒ぐのと似たようなものだったのかもしれない。そういうことにしておこう。

無理やりの自己完結で心を落ち着け、ほっとまるい息をついたあと、レモンソーダを流しこむ。刺激でぐうっとのどがつまり、少しだけ涙が浮かんだ。

「……なんで涙目？」

翼がふいに真顔になった。萌香はどきりとして、慌てて手を振る。

「べ、べつに、炭酸がキツかっただけ」

「はあー？　いっきに飲むからじゃん。すげー減ってる」

脱力した翼が、萌香のペットボトルを指さして笑った。

なんだのんきに。ちょっと面白くなかったけれど、確かにレモンソーダは三分の一くらい減っていて、完全に自業自得だった。笑ってしまう。

笑ったら、小さい出来事なんか炭酸の泡みたいに消えていくから不思議だ。

「なー。母ちゃんが土曜の夜に焼肉するから来いってさ」

コーラを飲みながらスマホを眺めていた翼が、こちらに画面を傾けてきた。さっきからしきりに手元を気にしていると思っていたら、母親とやりとりをしていたらしい。

「焼肉？　おうちでするの？」

「おー。晴れたら庭でするって。テスト終わった記念」

スマホをポケットにしまいながらにかっと笑う。翼は何よりもお肉が好きだ。占いにこだわっていたことももう忘れたらしい。

萌香もつられて笑ってしまった。

「あ——ありがと。でもいいのかな。こないだもお邪魔したのに」

「いいんじゃね？　焼肉うまいし」

ぜんぜん理由になっていない。

でも、翼がご機嫌なので指摘するのも無粋な気がする。

「じゃあお邪魔しよっかな。手土産なにがいい？　デザートかな。アイスとか、果物とか」

「べつにいーよ、そんなん。お、バス来た！　帰るぞ」

翼が走り出した。だいたいいつもあまのじゃくな人が、めずらしく無邪気である。

しかし翼がいい笑顔をしていると萌香も気分がいい。

「待ってよー」

萌香は急いで扇風機を鞄にしまい、大きな一歩で日陰から飛び出した。

「だーかーらー、それがじいさんの遺産だって言うなら今は相続人であるあたしのもの。あたしがどうしようが勝手でしょ」

「そのあなたの財産について、先生から管理を重々頼むとの遺言を承(うけたまわ)っております。『むやみに増やすことは望まない。しかし減らすことがあってはならない』と。よって金庫本来の保管能力を失うような破壊行為は決して許可いたしません」

「へ理屈にもほどがあるね」

「大人の知恵ですよ。あなたのお得意な」

扉の向こうで火花が散っていた。

大きな火花と小さな火花が交互に弾けるような、刺激的な応酬である。うっかり触れば暴発するんじゃないかと心配になる勢いで、翼はインターホンの前に人差し指を浮かせたまま、すっかりその場に固まっている。

水曜の午後六時。木津谷リサーチの前である。

下校途中に薫子から連絡を受けてそのままやってきたはいいものの、中からきこえるただならぬ声に硬直したのがおよそ五分前である。

話の筋から、争いの原因は例の金庫だろうと推測できた。金庫の開け方に関して夫婦の意見が割れていることはきいていたが、思っていたより二人ともこの件に関してこだわりが強いらしい。

　薫子はああいう人なのでどんどんヒートアップしていき、一方の一路は声のトーンがかわらず、かわし方もなかなかエグい。それがよけいに薫子の感情を煮えたぎらせているのは明らかだった。インターホンを鳴らせばこの争いも止まると思うが止めどきが分からず、また止めてもいいのか分からないから最後のひと押しをいつまでもためらってしまう。

（出直すか……？）

　そう思ったとき、「では戻ります」と、それまでより近いところで一路の声がきこえた。

　こんな微妙なところで鉢合わせたくない。翼はさも今来たかのように素早くインターホンを押した。すぐに内側から扉が開き、スーツにネクタイの男が出迎える。

「ああ……こんばんは。どうぞ」

　一路は軽く頭を下げ、大きく扉を開いた。相変わらず笑わない人だが、口調には以前より親しみがあるような気がしないでもない。翼があいさつしたら、軽く会釈をしてそのまま階段を下っていく。なぜか右手に工具箱を提げていて、彼が一段おりるたびにガシャガシャとやかましい音を響かせていた。

「あ、少年。いらっしゃーい」

　一路の姿が半分ほど階下に消えたところで、薫子がゆったりと戸口に歩み寄ってきた。先ほどまでの刺々(とげとげ)しさが嘘(うそ)のように、晴れやかな様子だ。菱形(ひしがた)のピアスも機嫌よさげに揺れている。

「ごめんね、わざわざ来てもらって」

「いえ。ちょうどこっちに来る用があったんで」

なんとなく職員室を小さくしたような風情の事務所の中を、薫子に続いて奥へと進んでいく。勧められたソファで待っていると、すぐに薫子が茶封筒を持ってきた。筆ペンで春野翼さまと流れるような文字で書かれてあり、きちんと封がされている。

「はいこれ、報告書」

「早……」

電話で一報を受けていたものの、目の前に突きつけられるとそう言わずにはいられなかった。薫子が「プロですから」と肩をそびやかせ、得意げに笑う。

「キミの立場から見ればまあ悪い結果じゃないと思うよ。他の人から見たら違う結果に見えると思うけど。家でゆっくり見てみて」

「あー……はい。でも、すいません。もうちょっと預かってもらっていいですか。まだ支払いできないんで。今日はそれ言いに来ました」

封筒の上下を返して薫子に差し出すと、いちおうそれを受け取りながらも、彼女はあきれたように眉尻を下げた。

「べつに支払いなんかあとでいいよ。なんなら二十四回払いとかでもいいし。あたしも高校生から無理に取り立てたりしない」

「いや。後払いとかちょっと落ち着かないです。すいません。正直こんなに早く終わると思ってなくて、夏休みのバイトあてにしてました」

「ああ、キミなりに計画してたんだ？　ごめん、逆に焦らせたね」

「大丈夫っす。それより……」

翼は事務机の上にある黒い箱に目をやった。上面にいかにも数字を打ちこめそうなテンキーがついていたことに、通りすがりに気づいていた。今は封筒の中身よりもそちらの方にがぜん興味がある。

「薫子さん、あれって例の金庫ですか」

「あ、そうそう。きいたでしょ。結局萌香ちゃんの力をもってしても開かなかったの。見てみる？」

「はい、ぜひ」

翼が意欲的にうなずくと、薫子はひょいと金庫を抱えてきた。たいした重さではないらしい。そして間近で見ると、なるほど想像したよりちゃちな金庫だと分かった。少し高いところから落としただけで簡単に変形しそうである。

「開かなかったからそのまま置いとくって話でしたけど」

「そう。でもやっぱり気になってさ。鍵屋で破壊するのはダメだって言われてたから自分でこじ開けようとしたんだけど、イチローに見つかっちゃって。今工具持ってかれたとこ」

「それは……大胆すね」

苦笑いしながら、翼は少し一路に同情した。占いがダメなら工具でこじ開ける——なんて、だいぶ過激な妻である。しかも先ほどあれだけ夫にやりこめられていたのに、あきらめた様子がない。「ほら」と、キラキラした目をして金庫を揺すってみせるのだ。

「ね？　音がするから何か入ってるのは確実なんだよ。音の感じからすると、小さいものがいくつか入ってるって感じじゃなくて、そんな硬くもないものがひとつって感じ」

確かに、金庫の中からきこえてくるのは乾いた音がひとつきりだ。

「なんか、布とか、紙製の何かがすべってるような感じですね」

「そう！　イチローも同じこと言ってた。あの人も気にはなってるんだよね。萌香ちゃんに頼んでみたらどうかって言い出したのもあの人だし。でもダメだったとなったらもうこっちの主張はガン無視ですよ。融通利かない。てこでも動かない」

先ほどのもめごとを思い出したらしい。薫子の声が低くなってきて、翼は焦った。

「あ……あの、大丈夫ですか。夫婦仲とか。すいません、さっき外でちょっと声がきこえてて。金庫開かなくて夫婦喧嘩とか、萌香が一番気にしそうなことなんですけど……」

「ああ、きこえてた？　ごめんごめん」

薫子はきまり悪そうに笑いながらも、「大丈夫、いつものこと」とひらひら手を振った。

「イチローのやつ、真顔で皮肉ってくるから腹立つんだよねー。ヤな顔してくれた方がまだかわいげがあるっていうか」

「あの顔でいやな顔されたら何言われても恐怖ですけど。ていうか、いつもあんな感じなんすね、旦那さん。奥さんにはちょっとくらいデレるかと思ってました」

「ないない。イチローは常にああいう人だし、そもそもうち、契約結婚だし」

「――は？　契約？」

急に話が斜め方向に飛んでいき、リアクションが一瞬遅れてしまった。見開いた目で薫子を見るも、彼女は「そう」と小石を蹴とばすくらいの軽さで肯定する。

「利害が一致したから結婚してるの」

「利害……すか」

「そ。あたしはじいさんの遺産を管理するのにどうしてもあの人が必要で、あっちはじいさんから仕事を引き継いでるから、不義理があったらいっきに顧客を失くすの。お互いにお互いの首に縄かけてるようなものだね。どっちかが逃げようとしたらおのずと二人の首が締まるっていう、なんともスリリングな結婚生活」

「どういう夫婦すか」

笑ってしまった。薫子が映画の設定を語るみたいにあっけらかんとしているから、よけいにおかしい。そして当の本人はそのおかしさを自覚していて、なんだか楽しんでもいそうだ。あんがい《糸繰り王子》はこの夫婦を頑丈な糸でつないでいるかもしれない。そんな想像までしてしまう。

「それよりさ、少年。今回の占いどう思う？」

話がだいぶ大回りして戻ってきた。

薫子は自分の膝で頬杖ついて、「あたし正直ゾクッとしたんだけど」とスリルを楽しむような顔をする。

「だってまさかじいさんが書き残した番号を言ってくるとは思わないじゃない？　金庫はまあ開かなかったんだけど、あたし正直萌香ちゃんの占いがてんで見当違いだなんて思えないんだよね」

予想外に力のこもった口調で、翼は素直に驚いた。

萌香が、はずした事実は同じなのに猫探しのときほど落ちこんでいなかったから、薫子の方が本当に期待していなかったのだと思っていたのだ。

違った。萌香は期待されている。薫子が萌香にそう見せなかっただけ。

そうと分かるなり、急に心臓が騒がしくなってきた。

「……薫子さん、わりとあいつの占い信じてますね」

「そりゃあそうだよ。こないだの一件で実証されてるじゃない。今回のだって、キミの言ってた読解力と推理力ってやつがあれば何かかわるんじゃないかと思ってる」

「はい。俺、もうちょっと深掘りしてみます」

翼は、もう座ってはいられなかった。萌香の占いについて誰かと情報や感情を共有する機会はほとんどなかったのだ。仲間を得たようで心がひどく浮き立っている。

薫子は、エレベーターまで見送りに出てくれた。

「萌香ちゃんの負担にならない程度にしてね。金庫は最悪開けられるんだから」

「はい。あ、でもこじ開けるのはダメですよ。怪我（けが）するかもしれないし」

「えー、少年そこ心配してくれるんだ？　やっさしー」

「いや、旦那さんもふつうにそこ心配してますって」

「ええ、まさか」

薫子が眉をひそめた。当たり前のことを言っただけなのに、本気で疑うような顔である。つくづく変な夫婦だ。エレベーターの扉が閉まってから、翼はひっそり笑った。

萌香が二人を気に入っているのが、なんとなく分かったような気がする。


その日の夜、三日月形に切ったメロンを持ってとなりに行くと、萌香はちゃぶ台にスマホをのせてビデオ通話の真っ最中だった。翼は途中で話し声に気づいて一瞬下がったが、相手が白髪の英国淑女と分かると、反対にビーチサンダルを蹴散らすようにして縁側を駆けあがって、萌香の横から無理やり画面に割りこんだ。

「ばあちゃん、元気？」

「あら、翼くん」

小さな画面の中で、萌香の祖母・米村メアリが小さく手を振った。同じように手を振ろうとしたら、横から萌香が反撃してくる。

「邪魔しないでよ、翼ー！」

「いいじゃん。ほら、メロンやるから食ってろ」

皿ごとメロンを押しつけて、スマホの前を陣取った。萌香が不服そうに口を尖らせるが、メロンはうれしいのかさっそく台所にスプーンを取りに席を立つ。

その隙に、翼は改めてメアリに向き直った。向こうは昼で、背後が明るい。明るすぎるのと画像がやや粗いせいで、白い壁ときれいな白髪の境目があいまいだ。だが、メアリが口元の笑い皺を深くして笑っているのは分かる。灰色の目はいつもどおり穏やかだ。

「翼くん、元気にしているかしら。少し日焼けした？」

「そうかも。こないだ海で遊んだ」

「そう。翼くん、甚平さんを着ているものね。きっと暑いんでしょうね」

「うん。もう暑い暑い」

ぼやきながら、愛用のミニうちわをあおいでみせる。

夏の夜に甚平を着るのは子どものころからの習慣だ。昔「似合うね！」と褒められて調子づいたのと、単純に涼しいという理由からだ。前にメアリに縫ってもらったこともある。

とうの昔に着られなくなったのだが、未だに捨てられず押し入れの奥で眠っている、翼の宝物のひとつだ。

「――そういえば、萌香からきいた？　占いやって成功したって」

ひととおり近況を語り尽くしたあと、翼は前のめり気味に言った。横でメロンをほおばっていた萌香が急にむせ始めたが、気にしない。メアリはゆったりとうなずいた。

「ええ、カオルちゃんからメールをいただきましたよ。お世話になりましたって」

「あー……ごめんなさい、グランマ。勝手に銀盤使っちゃった……」

スプーンを置いて、そろそろと萌香が画面の端に顔を出した。二年前に「占いなんかもうやらない」と泣きわめいた身としては気まずいのだろう。正座なんかしている。

「かまいませんよ。カオルちゃんに喜ばれていたようだから。でも驚いたわね。あなたは占いが好きではないでしょう？」

「そんなことないよ。グランマの占いは好き」

萌香はもごもごと言った。嘘でもないし、おべっかでもないだろう。萌香は自分のする占いが嫌いなのだ。なんなら朝の情報番組でやっている星占いの方が楽しんで受け入れているふしがある。翼には少しも理解できない感覚だ。

「ありがとう。好きでも嫌いでも、ひとさまのお役に立つのならいいわね」

メアリはふわりと笑った。

こういうところはかわんないなーと翼は思う。

メアリは、萌香が占いをやることに対して支持することも否定することもしない。小六で最初の占いに成功したときは驚きこそすれ褒めも咎めもしなかったし、中二で大きな失敗をしたときも、傷ついた萌香をただただやさしく慰めていただけだった。

『萌香が跡継げるんじゃないの』

一度翼が言ってみたときも、メアリは人差し指を口に当てるだけで何とも答えなかったものだ。翼がパン屋を継ぐのだと打ち明けたときは、『素敵ねえ』と、彼女が一番好きな日本語で褒めてくれたのに。

つまるところ、この愛情深い占い師は他人の気持ちを最大限に尊重する人なのである。そしてその性格が極端になって、ちょっとねじれたのがその孫。

「あ、そうだ。ばあちゃん、薫子さんに金庫の話はきいた？」

ふと思い出して、翼はそう切り出した。再びメロンを食べ始めていた萌香がまたむせて、口の端から果汁をしたたらせる大事故を起こした。しかし放っておく。メアリが「ええ」とうなずいたからだ。

「きいていますよ。カオルちゃんは歯がゆい結果だったと言っていたけれど」

「そう。それっぽい答えなのにはずれてる。なんでだと思う？」

当人を無視してさっさと話を進めると、さすがに黙っていられなかったのか萌香が「もうぃいんだってばー！」と言って乱入してきた。スマホも取り上げられて、メアリの顔が見えなくなる。立ちあがって限界いっぱいに手を伸ばされたらもうかなわない。このキリン娘は成長しすぎである。

翼は少々不愉快になって、どすんとその場で胡坐をかいた。

「薫子さんたち喧嘩してたっぽいけど。金庫壊すとかダメだとかって」

うちわで乱暴にあおぎながらつぶやくと、萌香が跳ね返るような勢いで振り向いた。

「うそ。薫子さんはもういいって言ってたのに!?」

「あの人そう簡単にあきらめそうにないじゃん」

気づかう発言があったことは黙っておいて、翼は萌香の良心を刺激する。

いいのだ。惜しい感じではずしていながらけろりとされるとこっちが面白くない。

「萌香。どのように占って、どのような結果が出たの？」

高いところからメアリの声が降ってくる。

萌香は真っ直ぐスマホを持ち直した。長い睫毛がいつもより機敏にまたたいている。

「はじめて《揺らぎの王女》で占ってみたよ。ちゃんと答えてくれたのにはずれたんだ。自分でも手応えがある感じだったんだけど……」

「それは相手が《揺らぎの王女》だからですよ」

ふいにメアリが教師の口調になる。勤め先の英会話教室で見せる顔だ。翼も小さいころに通っていた。やさしいけれどしゃんとした『メアリ先生』の声。

「《揺らぎの王女》は刺激的なことが大好きなのよ。だから損得勘定するの。そうね、わたしの経験から言うと、損得の振れ幅が大きい話ほど楽しんで答えを出してくれる気がする」

「あ……うん。なんか分かるかも。質問の仕方をかえただけで食いつき方が違った」

「ええ、そうでしょうね。彼女はそういう人」

まるで古い友人を語るようにメアリは声をやわらかくした。

そしてなめらかな日本語で、秘密の呪文を教えるようにささやくのだ。

「大切なことよ、相手に合わせるということ。問いかけるときも、受け取るときも」

「受け取るときも？」

「そう。言ったとおり、彼女は刺激的なことが好きだもの。答えを出してみせて、こちらが正しく解釈できるか試しているところがあるわ」

「そうなの⁉　じゃああれ……」

「ええ。はずれたと思うのは早いかもしれないわね」

おお、と、翼はつい太い声を出しそうになった。これは心強いお墨付きである。

萌香が真剣な表情でスマホの画面を見つめた。

「グランマ、どうしたらいいかな？」

「そうね。今出た答えをよく考えてみること。さもなければ質問の仕方をかえてもう一度占ってみることね。わたしも若いころにはよくやったものだわ。つかめそうでつかめないものを、何度も何度も追いかけるの」

「……そっか。じゃあ、もう一回薫子さんのところに行ってみる」

「ええ、それがいいでしょう。あの二人は前にも金庫のことで喧嘩をしたのよ。争いの元になるのなら、開けてしまった方が先々のためだわ」

「うん」

萌香が深くうなずいた。なんとなく、スイッチが入ったように見えた。通話を終えたら、萌香はそのまま薫子に電話を入れ始めたのだ。すぐに次の約束を決めて、支度を始める。先日見たものを書きだし、自由研究のノートを開いて予習までし始める。

翼は、すっかり満足した。

米村萌香、完全復活の兆しだ。

いいぞいいぞと金魚のうちわを動かせば、なんだか殿様の気分である。風呂上がりでへたった前髪も、うきうきと額で跳ねまわるのだ。

「ふー、極楽……」

土曜の午後である。

今日も今日とて店番に励んでいた翼は、無人の店内でエアコンから吹きだされる冷風に目を細めた。

ささやかだが貴重な休息のときだった。午前中ははっきり言って戦場で、さくさくメロンパン・百八十円を何度レジに打ちこんだか知れない。

テレビの力は恐ろしい。ローカル番組にもかかわらず放送翌日から飛ぶように売れ始めたメロンパンは、数カ月たった今でも人気が継続。十時をすぎたころにはいったん売り切れた。間もなくおやつ時に向けてもう一度焼きあがってくるが、レジ下の棚にはすでに取り置きのメモがべたべた貼ってある。この客がいっぺんに押し寄せたらと想像するだけで目が回りそうだ。今日の夕飯が焼肉でなければたぶんとっくにくじけている。

「暑そー」

店の前を駆けのぼっていく小学生の集団を眺めながら、ぽつりとつぶやく。今日は天気がよすぎるほどよくて、アスファルトに伸びる影も濃い。

早く夕方になればいいのにと思う。焼肉だったら暑くてもいい。炭を起こしている余裕はないから延長コードを引っ張ってきてホットプレートを使うことになるが、外で肉が食えればそれだけで特別な夕食である。絶対に楽しい。想像だけでテンションが上がる。

にやにやしていると、ウインドウの端から萌香がひょっこり顔を出した。

めずらしくかわいい格好をしている。

萌香はあまりファッションにこだわるタイプではない。背が高いのに細身だからサイズの合う服があまりないらしく、ふだんは専門店でやっと見つけたというデニムばかりはいている。だが今日は長いスカートだ。ガチャガチャした民族柄のやつ。

木津谷リサーチに行くのだろう。日曜日は友だちと遊びに行くから、土曜日にもう一回薫子のところに行って占いをやり直してくる。早めに行くから焼肉には間に合うよ——とやけに鼻息荒く言っていたのは昨日の朝のことだ。

しかし自動ドアを抜けてきた萌香の顔色が妙に冴えない。

「どーした。今から薫子さんのとこ行くんだろ?」

「ううん。それが、まるるんたちと遊びに行くことになった。……ごめん。翼ママには先に言っといたんだけど、焼肉も無理そう」

「はあ!?」

声をあげると同時に、萌香がびくつくように下を向いた。翼は一瞬あごを引き、意識して声のボリュームを落として、「なんで」と問い詰める。

仲のいい二人と遊びに行く話はきいていた。明日十時ごろから出かけて行って、ランチして映画観て買い物して——と、楽しげに自慢していたのはこの萌香である。

「蘭ちゃんが急にバイトのシフトかわったんだって。まるるんもわざわざ部活休むっていうから、ヒマなわたしが付き合わないわけにはいかなくて」

「……あー、はいはい。女子のたしなみね。行けば？」

いっきに気持ちが急降下して、翼は雑に手を振った。

女子のたしなみとやらは萌香の優先順位第一の重要事項だ。何をもってしても太刀打ちできないことは分かっている。あらがう気も起こらない。

「あの、ごめんね。お詫びにお土産買ってくるから」

「いらねー」

吐き捨てて、紙袋の在庫の確認なんか始めてみる。萌香は気まずげだ。顔を見なくても分かる。決めたのならさっさと行けばいいのに、ぐずぐずと店の隅に立っている。

分かっている。本当は萌香も急な予定変更に困っているのだ。

今日は薫子に会うために事前に約束をとりつけているし、焼肉のあとに食べるゼリーを作るんだといって材料を買いこんでいた。萌香は今日のためにしっかり計画を立てていて、でもそれを友人たちに言い出せない。

これで薫子と連絡がつかないとか、焼肉のための買い出しがすんでしまっているとか、理由があれば断りやすいんだろう。翼が強く止めればそれも口実になるのかもしれない。

——誰が助け船なんか出すかと思う。女子のたしなみなど海の底まで沈んでしまえ。

「こんにちは、今日は暑いねえ」

自動ドアが開き、新たにお客が入ってきた。安浪神社の前で駄菓子屋『やすゑ』をやっている、この店の長年の常連だ。この辺では『やすゑのおばあ』でとおっている。翼が「そっすねー」と営業スマイルを決め、朝のニュースで見た熱中症注意報について話し出すと、萌香は店の端でしばらくおどおどして、やがて居場所を追われるように店を出ていった。

ばーか。結局いくつあったんだか分からない紙袋をカウンター下に押し戻しながら、翼はひっそり毒づく。

メアリとビデオ通話をしたあと、銀盤を持ちだして熱心にイメトレしていたのは誰だ。前回の占いの結果を書きだして必死に考察していたのは？　それについて翼に意見を求めたのは？　それを全部ひっくるめて今日に臨むはずだったのは誰だ。リベンジ占いで今度こそ金庫を開けて、焼肉でぱーっと打ち上げだ――と二人で気合いを入れたのは、幻だったのか。

だんだんイライラしてきた。お客がいなければ顔に出てしまいそうだ。がんばれ俺。腹の中でくすぶる火を懸命に踏みつけてどうにかこうにか気持ちを保つ。

「――あら」

頭と手をバラバラに動かしながら、会計をすませたときだった。『やすゑ』のおばあがそうつぶやくと同時に、レシートを注視し始めた。かなりの高齢だが、足腰も頭もしっか

りした人だ。金の指輪をはめた枯れ枝みたいな指でレシートをなぞり、

「翼ちゃん。これ、レジ打ち間違ってる。金額が少ないよ」

「——あ、え。まじすか」

「うん。ほら、七個買ったのにレシートに六個分しかのってない。一個打ってないんだよ」

「うわ、すいません」

相手は未だにソロバン片手に店を切り盛りする商売人だ、きっと品物を選ぶ段階で暗算していたんだろう。指摘どおり翼が間違っていた。いったん取り消して、改めて商品を見ながら一点一点正しく打ち直していく。春野ベーカリーのレジは未だ完全な手打ち式だ。

「すいませんでした。気をつけます」

丁寧に頭を下げると、『やする』のおばあは顔中を皺だらけにして笑った。

「いいのよ、めずらしいことだし。なんかいいことでもありそうだねえ」

「俺そんなミラクルな力持ってないですよ。——暑いんで気をつけて」

店の外まで出ておばあを見送り、涼しい店内にのろのろ戻って、はーっとため息をつく。慣れたレジで会計ミス。しかも打ち間違えではなく打ち忘れなんて、ショックである。

（……よし、やめよ）

早々に頭を切り替え、レジカウンターの中に戻り、店の電話から家へと内線を鳴らした。

「はいはい」と応答したのは母・美涼（みすず）である。

「ねー、俺もうあがっていい？」

「ええ？　べつにいいけど。夕飯ソーメンになるよ？」

「ソーメン？　焼肉は？」

「萌香ちゃんが来られないっていうから、中止」

悲鳴をあげそうになった。

「べつにあいついなくてもいいじゃん！」

「なに言ってるの。萌香ちゃんが来られる日にまたやればいいだけでしょ。今朝早くに連絡くれたから買い出しもまだだし。今日はふつうの晩ごはんですっ」

母はパン生地を叩きつける勢いで言った。何を訴えても覆（くつがえ）されないときの口調である。

「……やっぱ店番するからなんか作って。ソーメンはいやだ。肉……」

切実にお願いして、さびた機械みたいな動きで受話器をおろす。

猛烈に悲しくなってきた。

ここ数日どれだけ焼肉を楽しみにしていたか。楽しみすぎて、昨日『やすゑ』でアイスを買うついでに線香花火まで買ったのだ。一束百円の、ささやかな花火。

「あー、くそ、なんか負けた気分……」

お客も切れて静かな店内。翼はレジカウンターの内側に折りたたみ椅子を広げ、とけるように座りこむ。

目の前にはくるくるコードがさらにねじれた固定電話。それを直そうという気力もなく、無為にポチポチとボタンを押す。なんとなく、『3739』。受話器さえあげなければいいのでレジより気軽に触れて、だから遠慮なく押しまくる。『3739』。みなサンキュー。

（なにがサンキューだよおまえが全部悪いんだぞ）

ボタンを連打しながら八つ当たり気味に考える。

どうしてこの番号で開かないのだ。死んだじいさんが言い残して、萌香の占いでぴたりと出た数字ならそれで金庫も開くはずだろう。いや開く。間違いなく開く。開かない方がおかしい——と、考えるほどに手遊びがはかどる。

（ていうか、金庫が壊れてんじゃねーの）

ついにそんな境地に至ったのは、翼が萌香の才能が開花するまさにその瞬間を目撃した唯一の人間だからである。

忘れもしない。小六の夏のことだ。

萌香にはじめての占いをやらせたのは、他の誰でもない、翼だった。

兄の大事なものを持ちだしたあげくにどこかにやってしまって、焦っていたのだ。あてにしていたメアリが留守にしていてますます追い詰められて、藁にもすがる思いで「やってみろ」と萌香をたきつけた。結果、萌香は銀盤の底に翼には見えない何かを見た。

といってもあのころは見え方が不安定で、見たものを正しく理解するにも幼くて、捜索の役にはまったく立たないまま兄に悪事がバレて激怒された。

それでも、あとあと読みが的中していたことが分かって、心が震えたものだ。子どもながら「本物だ！」と確信して、世界中に「こいつはすごいんだ」と触れ回りたかった。

しかし――現在アレである。女子中学生特有の下らないいざこざがすっかりトラウマで、占いにも人間関係にもへっぴり腰になっている。

冗談じゃないと思う。俺が扉開いたんだから大成しろよと。そんで俺に自慢させろよと、本人に言ったことはないが思っている。

（ここはけっこう重要なとこだ）

翼は確信している。

本人に自覚があるかは分からないが、猫探しに成功して以来、萌香は多少なり欲が出てきたと思う。自分が何かをやって感謝されるという、単純だが大切な喜びを思い出したから、薫子からの二度目の依頼をさほど抵抗せずに引き受けた。

あいにく金庫の開錠には失敗したが、猫探しの最中に落ちこんだときとは比較にならないほど萌香は前向きで、メアリに相談して、リベンジまで決めた。

大きな変化だ。金庫が開いたら、もっと大きな何かがかわるはず。中学での失敗をとり返すくらい、大きな大きな変化。

（――で、なんで『３７３９』で開かない!?）

再び問題がふりだしに戻り、イライラしながらさらに高速で『３７３９』を押した。

いかに遠回りな占いだろうと無関係の番号が出るはずがない――という翼の考えはかわっていない。薫子もはずれているのにそうは思えないと言いきった。たとえみなサンキューが当たりでなくとも、何か関連しているはず。その辺に名探偵はいないのか。誰でもいいから解き明かしてくれ――と、ついに他力本願になったとき。

「ん？」

ふと手元に目を落として、翼は思わず手を引っこめた。

電話のディスプレイいっぱいに、謎の数字が並んでいる。

うえ――と思わず変な声が出た。

自分では『３７３９』を連打しているつもりだったのに、表示されているのはまったく違う数字の羅列だ。そりゃあ、いらだちまぎれの手遊びだから正確ではないだろうけれども。これでもレジ打ち歴十年だ、ブラインドタッチはお手のものと自負していた。

しかし並んでいる数字はみなサンキューとは似ても似つかない。

「なんだこれ……」

自分で自分が信じられずに呆然とすること、しばし。ふいに「あっ」と声が出た。そのままドタドタと家に戻り、帽子とエプロンを剝ぎとって居間のソファに投げる。

「母ちゃん、やっぱ店番かわって。ちょっと出かける」

「ええ？　夕飯は？」

「ソーメンでいい！」

母親の顔も見ずに部屋に飛びこみ、充電中のスマホを鷲掴み（わしづか）にする。

玄関でひっくり返っていたビーチサンダルをもどかしく足に引っかけ、ドアの取っ手と同時に掴んだのは自転車の鍵だ。

そうして勇んで向かうは駅前。ちょっと策士な女社長の城である。


「次あそこ行こう！　『ガーベラハウス』！」

「いいね、ユナちゃんがプチプラでかわいいのがいっぱいあるって言ってたよ」

真瑠莉と蘭がはしゃいでいる後ろを、萌香はゆっくり歩いていた。

いつも部活にバイトにと忙しい二人は、彼氏とデートすることはあっても友だちと遊ぶことはあまりないらしい。合流するなり「今日は全力で遊ぶぞ！」と宣言していたとおり、目についたショップに片っ端から飛びこんではかわいいものを見つけてははしゃいでいる。

萌香は、正直あまりついていけなかった。今日、二つの約束をドタキャンしてここにいるのだ。それぞれ早い時間に断りの連絡を入れ、了承してもらったものの、素直に楽しめる心境ではない。さっき観た恋愛映画にしたって、二人が「あの告白ヤバいよね⁉」と大絶賛したシーンをよく覚えていないのだ。

「モカちん、疲れてる？　大丈夫？」

「本番はここからだよー！」

振り返った二人がにんまりする。夕食においしいイタリアンの店を予約しているという話で、当初は映画だったはずの今日のメインはいつの間にか夕飯になっている。おかげで集合時間も午後にずれこんでいて、「グランマが留守の間は暗くなるまでに必ず家に帰りなさい」という両親との約束も守れそうにない。それも萌香を滅入らせる。

「——あ、ごめん、電話だ。先行ってて」

ファンシー雑貨の店を出たところでスマホが振動しているのに気がついて、真瑠莉と蘭を促し、ショルダーバッグに手をつっこんだ。

一瞬どきりとする。薫子からだったのだ。

ドタキャンしてしまった後ろめたさから通話ボタンを押すのを躊躇してしまうが、無視するわけにもいかない。おそるおそるスマホを耳に当てる。

「もしもし……」

「あ、萌香ちゃん？　ありがとねー！」

いきなり薫子のハイテンションな声が飛び出してきて、萌香は目をぱちくりとさせた。

「薫子さん……ありがとうって？」

「あれ？　まだ少年からきいてない？　金庫開いたよ」

「えっ？」

本人がいるわけもないのに、一瞬周りを見回してしまった。

「開いたって、番号は……？」

「翼くんが解明したんだって。具体的な番号はきいてないけど、イチローは萌香ちゃんの占いは間違ってなかったって言うのね。正直意味不明。でもイチローが試したら開いたみたいだから、うれしくてとりあえず電話しちゃった。ありがとね。まだ出先だから、帰ってすぐ中身確認する。イチローたちにはまだ中見るなって言ってるの」

薫子はうれしそうである。電話越しでも笑顔が見えるようで、萌香はほっとして肩を下げた。金庫が開いたことよりも、彼女が今日のドタキャンにこだわっていないことに安心する。社会人にとって急な予定変更は学生以上に困るもののはずだ。気を悪くしたのではと心配していたのだ。

「薫子さん、今日、急にキャンセルしてごめんなさい」

「ああ、いいよ。むしろ無駄足にならなくてすんだじゃない。あ、でも帰りにこっちに寄れそうなら寄って。お礼渡すから」

「あ、今日は遅くなりそうで……」

「そうなんだ。じゃあまた時間あるときに連絡ちょうだい。じゃあね」

「あ――」

お礼はいらないと言いたかったのに、電話は切れてしまった。

萌香は手帳型のケースをぱたんと閉じ、胸の前でスマホを握りしめる。

はずれたはずの占いが間違っていなかった――。細かいところは分からないけれど、先日出た結果が遠回りに正解につながったということだろう。きっと翼が考えてくれたのだ。うれしい。でもその倍以上落ちこんだ気分になる。

昼にキャンセルを告げたとき、翼は見るからに不機嫌だった。萌香が彼の気分を害したのだ。ドタキャンしたからではない。他人の顔色ばっかり読んでいるから。

たぶん翼は、萌香が「みんなと遊びたいから今日はごめん！」と断っていたら、「しょーがねーな」とあきれながらも手を振って送り出してくれたと思う。でも萌香はそうは言えなかった。翼には嘘や誤魔化しを言えなかったのだ。

電話してみようか。思いついて、「友だち」の中のレッサーパンダのアイコンをタップする。でも充電の残りが心もとないと気づいて、仕方なくケースを閉じた。

早めに帰って直接話そう。電話よりもその方がいい。萌香は決意を胸に刻むようにうなずく。いっそ夕飯だけでも断って帰ろうかとも考えた。でも、予約してあることを考えるととても言い出せない。友だちだけではない、お店へも迷惑をかけてしまうから。

萌香は歩き出しながら、細くため息をついた。

唐突に、一路に言われたことが頭をよぎる。

『ご自分の感覚に照らして再考するのは重要なことです』

あのとき彼は萌香を評価するようなことを言い、薫子をたしなめるようなことを言った。

萌香は善悪を、薫子はリスクと損得を基準に選択しているからという理由だ。

でも今萌香が基準にしているのはそれこそリスクと損得だ。《揺らぎの王女》みたいにしきりに天秤を揺らして、より嫌われない方を探っている。

ダメだなあと思う。分かっている。でも平穏な学校生活は失いたくない。

「モカちん、ほんと元気ないね」

二人に追いついたとき、真瑠莉が少し心配そうにした。

「なんかあった？　大丈夫？」

「うん、大丈夫だよ。ありがとう」

萌香はほほえむ。夕飯を断るなら今だと思うも、やっぱり口には出せない。

真瑠莉と蘭が、なぜか横目でお互いを見合った。

「しょうがない。バラしちゃおー」

「だね。テンションあげよ」

二人は急に秘密を共有する顔になった。

「え？　なに？」

疎外感から萌香が視線を揺らがせると、二人は萌香の右と左にまとわりついて、

「今日はモカちんに、うちらがイケメンを紹介しちゃいます！」

「彼氏作ってトリプルデートしようよ！　海とか、花火大会とかさ！」

と、きゃあきゃあ盛りあがり始めた。

予定外。サプライズ。不意打ち。驚きを通り越して、萌香はただただうろたえた。

夏休みが間近になって、教室では連日その手の話題が熱い。でも、自分には遠い話だ。友だち付き合いすら気をつかわなければ成立させられないダメなキリンに、恋愛などできるわけがない。

分かっているのに、「楽しみでしょ!?」と促されるとノーと言えない。

萌香はぎこちなく笑った。相手が本当の友だちなら――たとえば翼だったりしたら、「よけいなお世話だよ」と言えるはずだ。でも言えない。「そんなのいいよ」と、たったそれだけのことすら言えない。

そんな自分が、心の底からいやになる。


「うわ、ほんとに開いた」

電子ロックがカチャリと解除された瞬間、薫子が大きく口を開けた。テーブルの上の金

庫と翼の間で彼女の視線が行き来するたび、メタルスティックのピアスがちらちらと揺れる。

午後六時すぎの木津谷リサーチである。

薫子の仕事が立てこんでいたせいでずいぶんここで時間を潰すことになったが、一度開けた金庫をまた閉めて、施錠して、開錠して……とくり返しては感動する薫子を見ていると、待ったかいがあったと翼は思う。

「すごいじゃん、少年。なんでこの番号が分かったの？　占いの答えと関係ないのに」

ひととおり試して満足したのか、薫子が興奮したように言った。金庫の中身よりもまずは暗証番号の謎の方が気になるようだ。

翼は苦笑し、テーブルの上に置かれたメモを拾い上げた。『９１９３』と書かれたメモだ。それは今薫子が打ちこんだ番号。つまり正しい暗証番号である。

「関係ないけど関係あるんですよ、これが」

「どういうこと？　みなサンキューはどこいったの」

「同じとこです」

「意味分かんない」

薫子が分数につまずく小学生みたいな顔をした。その背後に、すっと一路が現れる。

「実例を提示した方が理解しやすいと思います」

そう口を挟んだ彼は、翼と同じ時間だけ薫子の帰りを待っていた。

ずっと堅気の人間ではないと思っていた彼は実は税理士で、今日は自分の事務所に『本日休業』の札を下げていたにもかかわらず、スーツ姿で木津谷リサーチの留守を預かっていたのだ。薫子を待っている間に翼が自分の推測を話したら、彼は「その可能性が極めて高い」と支持してくれて、薫子に連絡したうえで実際にボタンを押して試してくれた。

結果、見事にヒットして、笑わない男とグータッチするというレア体験をした翼である。

「ご覧ください」

一路が、薫子に示すように金庫の横に電卓を並べた。薫子は双方を見比べたが、ピンと来ないようだ。ならばと翼は電卓の方を手に取る。

「薫子さんのじいちゃんは『３７３９』で設定したつもりだったんだと思うんですよ。でも設定段階で打ち間違ってたんだと思います。ボタンの配列がいつもと違ってたから」

「配列？」

「そうです。俺も自分で間違ったから気づいたんですけど、金庫の『９１９３』と電卓の『３７３９』って、ボタンの位置が同じなんですよね」

翼が試しに電卓の方で『３７３９』を打ちこんでみると、その指の動きを目で追っていた薫子が、「ああ……」とため息みたいな声を漏らした。

何の変哲もない電卓と、金庫のテンキー。

二つの機器は0から9までの数字が並んでいるという点では同じだが、よく見るとそのボタンの配列がまったく違っているのである。

電卓は、パソコンのテンキーやレジスターと同じように、0をのぞく数字が左下の1から始まり、右上の9にかけて数が大きくなるように配置されている。

一方で金庫のテンキーは左上の1から右下の9にかけて数字が大きくなるような配置だ。これは電話機と共通する並びである。

「つまりじいさん、暗証番号設定するときに無意識に電卓の配置で打ちこんだんだ?」

「たぶん。薫子さんのじいちゃんって元税理士なんですよね。日頃からめっちゃ計算してただろうし、電卓に慣れすぎて、数字を読んだら勝手に指が動くんじゃないかと思います」

翼も同じだ。長年レジに親しんでいると、会計時にいちいち手元のボタンを確認しない。注視するのは商品と、打ちこんだ数字が表示されるレジの画面までだ。

そんなふうだから、先ほど考え事をしながら『3739』と打ったつもりで電話機にまったくべつの数字――『9193』と連打していた。

同じ理由で薫子の祖父も無意識に電卓の配置で数字を打ちこんでしまったのだろう。この金庫のテンキーは上向きに設置されているから、なおのこと感覚が引きずられたはずだ。

「私もたびたび誤入力しますので、電話を使用する際には重々確認を行います。電卓も電話も、『456』が同じ配置であるのが厄介(やっかい)ですね」

強面の現役税理士もこの発言である。

「てことはある種の職業病？　でも暗証番号設定するときはさすがに慎重になるでしょ」

「身辺整理の際にまとめて暗証番号を変更したのがかえって悪い方に働いた可能性があります。連続して作業を行うと一件あたりの注意力が散漫になるものです。日頃から視力の衰えを訴えておられましたので、誤入力にもお気づきではなかったんでしょう」

「まあそうね。じいさん、歳だったしね……」

二人は納得したようだった。もちろん、翼も納得している。

本人はあくまで『３７３９』に設定したつもりだったのだ。だから占いでもそう出た。

まぎらわしい話だが、このニアミス加減がいかにも萌香らしいと翼は思う。

「薫子さん。内容品の確認を」

「あ、そうだった。中……なにこれ、封筒が入ってる」

一路に促され、薫子はようやく金庫を全開にした。果たして部外者が見ていていいものか迷ったが、薫子の方がお構いなしに底の方から茶封筒を取り出し、表裏をあらためる。

Ａ５サイズくらいの、くたびれた封筒だった。宛名も書かれていなければ封もされておらず、外観から少し厚い何かが入っていることだけは分かる。

「札束？　隠し財産ですか？」

ふざける翼に「ヤだ、また相続税払うの？」とノッてきた薫子が、豪快に封筒をひっくり返した。しかしすとんとすべり落ちてきたのは、札束ではなく赤いビニール表紙の冊子である。ずいぶん劣化(れっか)しているのか、薫子が表紙を開くと、パリパリと乾いた音がする。

「なんですか？　日記かなんか？」

「そうみたいだね。でもじいさんの字じゃない。ばあちゃんの……？」

いぶかしげにページを繰っていた薫子が、一転して「わ！」と華やかな声をあげた。

「写真が貼ってある！　見てこれ、あたしの初節句だよ。母さんがうつってる！」

はしゃいだ様子で日記ごと古い写真を見せつけたあと、薫子はそのページに見入ったまま動かなくなった。雛(ひな)飾りの前に両親と赤ん坊が並んでいるだけのよくある家族写真に見えたが、なぜか薫子の頬は上気し、その目はまばたきも忘れている。

「……彼女の両親はすでに他界しています。母親の方は彼女が生まれて間もなく亡くなっていますので、現存している写真もごくわずかです」

一路に静かにそう告げられ、翼ははっと顔を上げた。

「そうなんすか」

「はい。開錠できてさいわいでした。あれは彼女にとって非常に価値の高い財産です。ありがとうございます」

笑わない男が、やはり少しも表情をなごませないまま礼を言った。

しかし彼もまた喜んでいることは分かった。なんというか、空気がやわらかいから。

　翼は、ゆるゆると肩を下げた。表情がまったく追いついてこないが、ひどく愉快な気分だった。あのにわか占い師だって、ここにいたら声をあげて感動していただろう。なぜ肝心なときにいないのだ。ほら見ろちゃんと当たってんじゃゃんと、大威張りで言ってやりたいのに。


「少年、萌香ちゃんまだ帰ってこないの？　この感動を新鮮なうちに伝えたい！」

　ひととおり流し見して満足したらしい。薫子が日記を胸に抱いたまま翼を見た。

　翼は、意味もなく壁掛けのカレンダーに目をやる。

「友だちと遊び回ってるから遅いんじゃないですか」

「ふーん。――キミたち喧嘩してるんだ？」

「いやべつに」

「喧嘩でもしてなきゃキミが謎を解いた時点で萌香ちゃんも駆けつけると思うんだけど」

　すかさず返され、翼は黙った。目の端に映る薫子のまばゆい笑顔が癪だが、ドタキャンくらってイライラしなければ『みなサンキュー』の謎は解けなかったのだから皮肉な話である。

「意地が悪いですよ、薫子さん」

　一路がたしなめるも、薫子はきかなかった。ソファのひじ掛けで頰杖をついて、「だってさあ」と悩ましげなため息をつく。

「見ててもどかしいんだよね。小さいころからお盆とお正月にだけ会えるおとなりさんの孫娘……成長した彼女と再会したときには彼女は自信を失っていた。見かねた少年は彼女のために立ちあが――」

「変なストーリー作んないでください」

翼はかなり強めにさえぎった。清めの塩をまく気分である。

「今からいいとこなのに」

「そもそもそんな古い付き合いじゃないし」

薫子を放っておいたらどこまでも調子づきそうで、翼は無理やり話の向きをかえた。まんまと乗ってきて、「そうなの？」と薫子が目をまたたかせる。

「キミずっとあの家に住んでるんでしょ？　メアリさんも。萌香ちゃん、小さいころから遊びに来てたんじゃないの？」

「そうっすけど。前はずっと会わないようにしてて――」

言いかけたとき、ポケットの中が震えた。軽く腰を浮かしてスマホを引っ張りだす。

「ばあちゃんだ」

イギリスに帰省中のメアリからの、電話の着信の表示だった。彼女が発ってからメールのやりとりはしたが、翼に直接電話がくるのははじめてである。

「電話？　どうぞ。あたしらあっち行ってるから」

気をきかせて席を外す薫子夫婦に頭を下げ、翼はその場で通話ボタンを押した。

「ばあちゃん？　どうしたの？」

ビデオ通話したときと同じテンションで翼は話し出した。近況か何かと思ったのだ。

しかしスマホを通って返ってきたのは思いがけず切羽詰まった声である。

「翼くん？　今は家にいる？　萌香はどこにいるのかしら。家にいるの？」

一瞬別人かと思ってしまった。声は確かにメアリのものだが、彼女はいつもほがらかで、ゆっくりと会話をする。こんな攻め立てるような話し方は決してしない。

違和感を覚えながらも、翼は落ち着いて答えた。

「俺は外。萌香も友だちと遊びに行ってるけど。どうかした？」

「さっき萌香が電話をかけてきたのよ。早く帰ってきてって」

「――は？　なんで？」

「それが、きこうと思ったときには電話が切れてしまったの。かけ直してもつながらなくて。なんだか心配だわ。外にいるんだと思うけど、少し様子がおかしい気がして……」

「あー……分かった。俺探すから、大丈夫。クラスのやつにきけば居場所分かると思う」

内心なんだなんだと思いながら、口調だけは明るく「あとで連絡する」と約束して電話を切る。続けて萌香に電話をかけたが、呼び出し音が鳴らないかわりに『圏外か電源が入っていない』というお決まりのアナウンスが流れた。

「おいおい……」

「どうしたの？　今のメアリさんでしょ？　なんだって？」

薫子が奥から顔を出した。

「いや……萌香がばあちゃんに変な電話したらしくて、心配になったみたいです」

「えぇ？　なんだろ。なんかあったのかな」

「迷子になってんじゃないっすかね。充電切れてるっぽいし」

冗談半分に言いつつも、内心では軽くイライラしていた。

旅行を楽しんでいる人に、わざわざ心配させるようなことを言うなよと思う。言うならせめて近くにいるやつに言いやがれ――と思ったが、そういえば萌香は現在となりに住んでいる同い年のやつに冷たくされたんだったと思い出す。

（……俺が悪いのか？）

もやもやしながら、とりあえずスマホを操作する。これでも地元民である。クラスには同じ中学出身が多い。ひとりくらい酒田（さかた）真瑠莉か小辻（こつじ）蘭につながっているだろう。

期待をこめて、仲間内で作ったグループトークにメッセージを投げた。『米村萌香と連絡がつかない。誰か酒田真瑠莉か小辻蘭に居場所きけないか』と。

反応は、意外に早くあった。幼稚園からの腐れ縁・近藤弥太郎である。

『翼、乱入する気か!?』

さすが、期末試験赤点スレスレの野球馬鹿である。まったく意味が分からない。

『どういうこと？』

『あの三人、合コンっしょ』

「はあ？」

思わずリアルな声が出た。クラゲが観覧車に乗っている、というくらい奇妙な話をきいた気分だ。

他の二人はともかく、萌香は日頃から「キリンを目指す」と宣言している完全草食系である。なにをいきなりキラキラのリア充世界に飛びこんでいるのか。吸血鬼なら灰になるレベルの自殺行為だ。

『つーかやっぱおまえも萌香ちゃん狙いか！』

「は？　――え？」

弥太郎のふきだしにそんな文字が並んだとたん、他のメンバーが次々に反応し始めた。総じてブーイングである。凶暴な表情のスタンプもずらずら並ぶ。

げんなりした。

近頃こんなのばっかりである。居眠りした萌香に助け船を出したとき、『いいかっこしやがったから』という理不尽な理由でくそ強力なデコピンを食らったことを思い出す。

そういえば萌香がとなりに住んでいると知れた日には、『許してやるからそれよこせ』

と弁当のハンバーグを強奪された。理不尽極まりない。全部萌香のせいである。

萌香は、あれでクラスの女子の中でも群を抜いて男ウケがいい。

英国淑女の血を引いているだけに顔立ちがはっきりしていて、すらりと背も高く、黙って立っているだけでも人目を引く。よそから越してきたので当初は誰もその存在を知らなくて、彗星のように学校中の関心をさらった。

しかしその話題性に反して本人はいつも笑顔で控え目で、そこがいいのだとみなは言う。笑い話である。

見た目はともかく、萌香の絶えない笑顔と謙虚さは負の遺産だ。中学で人間関係に失敗しているから、うまく立ちまわれるようにそうしているだけ。そして癖になっているだけ。おまえらが崇めているのは偽物だと声を大にして言ってやりたいが、本人の名誉のために黙っている。

――と、そんなことはどうでもいいのである。

『連絡つかないってあいつのばあちゃんが心配してる。場所分かる？』

強めの指さばきで質問を投げると、空気を察したのかトークルームがしばし沈黙した。

『ノルマン通りのピザ屋だって』

『行くのだ　勇者よ』

『心を強く持て』

一転して励ましの言葉が並ぶ。なんだこいつらと思うが、笑ってしまう。

翼の周りは基本的に馬鹿ばっかりだ。それでいて、気のいいやつらばっかり。

『多謝。今度さくさくメロンパンにアイス挟んだやつ奢る』

春野ベーカリー幻の裏メニューに狂喜乱舞するトークルームを閉じ、翼は薫子にも礼を言って席を立った。

「大丈夫そう？」

「何かあったら連絡してください。遠慮なく」

薫子はおろか一路にまで気づかわれては、苦笑いするほかない。

「ありがとうございます。大丈夫っす」

もう一度礼を言って、翼は出発した。

ノルマン通りは駅の向こう側にある。事務所の前の信号を渡り、駅の構内を突っ切ればすぐである。


旅行中の家族に「帰ってきて」と電話をする、その理由は何だろう。

駅構内のゆるやかな人の流れを避けながら、翼は考えていた。

他の人間ならいくつも理由が浮かぶだろうが、対米村萌香なら答えはおよそ限定できる。

人間関係の構築に絶対的に自信のないやつである。居心地の悪さに耐えられなくなったのだろう。あるいはノリが悪すぎて他の二人から苦言でももらったかもしれない。変な男に出くわしたとかいう可能性は——ないことを期待する。酒田真瑠莉も小辻蘭もかわいかったりきれいだったりで目立つ存在だが、クラスでの生活態度はちょっと意外なくらいに真面目だ。校外でもそうであると信じたい。

駅を抜けてすぐ、翼は右の小道に入った。モザイク画っぽい道が作られたその通りがノルマン通りだ。由来はよく知らないが、洋風のこじゃれた店が多い印象だ。あいにくテリトリーではないのでピザ屋の存在など気にしたこともなかったが、歩いてみるとすぐに見つかった。オレンジ色のライトの下に、大きな樽と、イタリアの国旗が飾ってある店だ。

近づいてみると、窓際の席に小辻蘭と酒田真瑠莉の姿を見つける。向かいには見知らぬ男が二人。歳は上そうだ。大学生かもしれない。しかし見るかぎり萌香の姿はない。

女子二人に声をかけるか？　迷ったところで窓越しに酒田真瑠莉に発見されてしまった。あっという顔をした彼女が、バタバタと外に出てくる。

「春野くん、さっきコンちゃんから連絡あったよ。モカちんのおばあちゃんが心配してるって話でしょ？」

話が早い。あーそう、と翼はうなずく。

「なんかばあちゃんがちょっと具合悪いらしくて。まだ一緒にいる？」

「ううん。モカちん、ここ来てすぐ帰ったんだよね。モカちんに興味津々の人がいたから、もったいないと思ったんだけどなー」

真瑠莉はだいぶ不服そうだ。翼は少し笑う。

「あの人ノリ悪そうだけど」

「んー慣れてないだけだと思うよ。先に言うと構えると思って秘密にしてたんだけど」

そういうことか。ようやく腑に落ちる。不意打ちに困惑して、我慢したけど耐えきれずに逃亡――ということだ。嫌ならそのとき断れよと思うが、あの萌香には無理だろう。

「ありがと。その辺テキトーに見て帰るわ。じゃ」

「あ、ねえねえ」

呼び止められて、振り返る。店先のオレンジの光の中で、真瑠莉の目がキラキラ輝く。

「春野くんもモカちん狙い？」

「――ハハ」

あの馬鹿どもと同じレベルのやつがここにもいる。内心あきれながら、

「ないよ」

翼は言った。はっきり言いすぎたのか、真瑠莉が真顔になる。

しかし嘘を言ってもしょうがない。翼は卑屈な米村萌香が嫌いだ。愛想笑いが得意な米村萌香も嫌いだし、意地を張るのはまあいいにしても、ネガティブな方に凝り固まる米村萌香がとにもかくにも嫌いである。

じゃ、と改めてあいさつして、駅の方へと戻る。

だんだん腹が立ってきた。

なんで俺がこんなこと――と思うが、だからといって帰ろうという気にならない自分にもなんだか腹が立つ。ビーチサンダルが足の指に食いこんで痛いのに。右も、左も。

（これはばあちゃんのためだ。ばあちゃんを安心させるため）

そういうことにして気を取り直して、再び駅を突っ切りバス停の方へ向かう。

安浪神社行きのバスに乗れば家まで徒歩一分の停留所で降りられるが、その路線の最終便は社務所が閉まる前に出てしまう。当然この時間には終わっていた。

遅い時間まで走っている路線は坂の下までしか行かないが、駅から全行程を歩いて帰るよりはいくらかマシ。しかし時刻表を見ると最後に出たのは四十分も前だ。電話のあった時間から逆算すると、それに乗っているとは思えない。

さてどうしようか。駅前の屋根の切れ目で立ち止まり、少しの間考える。

翼は自転車で来ているから、このあたりを見回ることができる。でも闇雲（やみくも）に走り回っても疲れるだけだ。まだ夕飯も食べていないから、すぐにエネルギー不足になる。

（誰かあいつの居場所占ってくれ……）

ついついそんなことを思ったとき、翼は駅のトイレからコソコソ出てくる見慣れたシルエットに目を凝らした。すらりと背の高い、キリンのような少女である。壁際に身を寄せて、きょろきょろしながら慎重に出口に向かっている。

（……なんだあれは。かわいい格好してスパイごっこか。逆に目立ってるんですけど）

一瞬でどっと疲れて、翼は真っ直ぐ不審者の元へ向かった。「おい」と呼びかける声が自分でも驚くほど低くて、萌香も大きく肩を跳ねあげた。振り向いたら震えているくらいだ。

「つば、翼。なんで……」

「ばあちゃんが電話してきたんだよ！　ちゃんと充電しとけよ、急に電話切れたらばあちゃん心配するだろー！」

ここ十数分のいらだちや疲労が全部声に乗ってしまった。萌香はびくつき、下を向く。

それだけでなく、

「ごめん……ごめんなさい……」

いきなり――本当にいきなり、萌香は泣き出した。うえ、と情けない声を出し、ぼろぼろと涙を落としながら、本気で泣き出したのである。

「なに、どうした」

さすがに焦って、身をかがめて顔をのぞく。眉はきつく寄せられ、くちびるは声を抑えるように山なりになっている。目の縁が赤い。今の今泣き出した様子ではない。

「小辻たちと揉めたのか？」

問うと、萌香はぶるぶると首を振った。

「あ……あの、アルパカの人だよ。駅の。自販機のやつ。制服でバレて。顔が派手だから分かるんだよ」

しゃくりあげながら萌香は言うが、支離滅裂だ。まったく意味が分からない。人を動物でたとえるのが好きな萌香は、酒田真瑠莉を白鳥と、小辻蘭を鶴と表現していたことがあったが、アルパカはきいたことがない。ということは居合わせた男の方か。そういえば、店には男側が二人しかいなかった。

ひやりとした。ないと思いたかったパターンかもしれない。

「なんかされたのか」

言葉をつくろう余裕もない。たずねる翼に、しかし萌香は小さく首を横に振った。不規則な呼吸の合間にまたぽとりとひと粒涙を落とし、それを拭いながら萌香はつぶやく。

「……占いで馬券当ててって言われた」

「――は？」

ほうける間に、また萌香の目からぱたぱたと涙がこぼれる。

占いで――馬券。それは予想外だ。

思いもよらなすぎて、頭の中が真っ白になる。

「総合すると、たまたまキミたちの話を立ち聞きしてたやつが萌香ちゃんのこと特定して、合コンとか言って接触してきたってことだよね。——怖っ。半分ストーカーじゃん」

　薫子がムカデでも見たような顔をして、白いソファの上でのけぞった。

　翼が棒立ちになっているとき、折よく電話をくれたのが薫子だったのだ。うまく事情を説明できずにいたら旦那と一緒に飛んできてくれて、そのまま木津谷リサーチの入ったビルの最上階にある、夫婦の家に招いてくれた。

　彼女があたたかい飲みものと大人の気づかいでうまく萌香をしゃべらせてくれたから、今、事の顚末（てんまつ）が明らかになった。

　すべての元凶はアルパカ似の男である。

　数日前に通りすがりに萌香に目をつけたその男は、制服と、目立つ顔立ちからいとも簡単に萌香の情報を調べ上げた。そして萌香に一目惚れ（ひとめぼ）したというていで、まずは友人たちに接近する。十代女子を言いくるめるのに一番効果的な嘘だ。

　二人はあっさり信じ、相手の言うままサプライズで出会いの場を作った。そして今日、萌香はすぐにアルパカ男のことを思い出し、場を離れた。祖母の具合が悪いと、たまたま翼と同じ方便を使って逃げたのだ。

　しかし相手は年上。一枚上手だった。「バス停まで送るよ」と紳士的に申し出た。友人たちがそうだそれがいいと盛りあがる中でうまく断れず、急ぎ足で駅まで来たとき、言われたのだ。馬券を当てられるかと。

——それが先ほど萌香の身に起こった出来事のすべてである。

「だいたい、占いを金儲けに利用しようって考えに反吐が出るね。そいつ大学生でしょ？週七で深夜勤のバイトでもしろよって話」

缶ビールを開けている薫子は、いつにもまして口が悪かった。事情をきいた瞬間から素性の知れないアルパカ男に腹を立てていて、好き放題に罵っている。もちろん、翼も同じ気持ちでいるつもりだ。しかしなんとなく感情がぼんやりしていて、先ほどから文字盤のないモノトーンの掛け時計を眺めてばかりいる。

当の萌香は、今この場にいない。薫子に抱きしめられてひととおり事情を話したあと、「さっぱりしておいで」と促されて風呂を借りている。このまま帰してひとりで家に置くのも心配だからと、薫子夫婦がひと晩面倒を見てくれることになったのだ。もちろん、メアリには許可をとっている。心配しないように、うまく理由をつくろって。

「同様の人間は他にも存在するでしょうね」

キッチンで何事か作業していた一路が、リビングにやってきた。夜はふけたがまだネクタイを締めていて、翼の前に置かれたグラスにお茶をついでくれる。

「占いは授ける側よりも受け取る側によって価値がかわるものだと思います。彼女が自分のことをどう思っていても、成功事例を目撃した方は実力者だと妄信するでしょう」

「そーね。でも、仮にそのアルパカ男が『儲かればラッキー』くらいの感覚だとしても、あの子が悪用されるかも、なんて、考えただけであたしは我慢ならないよ」

「ええ。昨今正常な思考を失った人間も多いと感じます。彼女は慎重な性格のようですが、まだ高校生です。接する相手は選ぶべきだと思います。メアリさんがお留守の間は特に」

当事者を置き去りにして、一路と薫子が意見を交わす。

歳も離れ、性格も違い、契約結婚だと臆面もなく言い放つ二人だが、こうしているとやはり夫婦なんだと今さら思う。

薫子がサイドテーブルにビールを置き、翼に目を向けた。

「とりあえずアルパカ男は様子見よう。しつこく接触してくるようなら即警察に連絡するようにして。少年、おとなりなんだから学校の行き帰りはそばについてやりなよ？　無理はしなくていいから」

「不安なときには連絡をください。私にでも、薫子さんにでも。どちらも自営業ですから時間の融通は利きます」

「……はい」

翼は緩慢にうなずいた。

家もとなりで学校も一緒。萌香と行動をともにするのは難しくない。

でも、そばにいて役に立つのか——。

あの日——萌香にキリンの扇風機をやった日、思いつきでやった自販機のアタリ当て。翼にとっては仲間内でやるゲームと同じだった。当たってもはずれても結局爆笑して終わる、くだらない遊び。

萌香があっさり当てるとは思わなかったし、それを他人が興味を持って見ているなんて気づきもしなかった。ましてわざわざ萌香を探し当ててくるなんて考えもしなくて——。

「……少年？」

「あ……すいません。分かってます。大丈夫です」

薫子に顔をのぞかれ、翼は急いでうなずいた。

アルパカ男は大丈夫だ。やっていることは気持ち悪いが、萌香と接触するのに待ち伏せではなく合コンという手段を選んだのだから、ちょっとは思慮のある相手だと分かる。酒田真瑠莉か小辻蘭のどちらかと連絡がとりあえるだろうから、素性も割れる。強引なことをすれば自分に返ってくることくらい向こうも分かるはずである。

それよりもむしろ人間関係の方が心配だ。

萌香は中学での失敗もあって他人の顔色を読みすぎる。合コンから逃げ出した理由はいちおう誤魔化せたと思うが、萌香にとっては気まずい状況だ。友人二人が気にしていなかったとしても、萌香の方が過剰に守りに入りかねない。

（間違えたな）

ふいに思った。

入学以来「翼は人気者だから」という謎の理由で学校ではあまり話しかけるなと言われていて、ここまで素直に従ってきた。週明けからいきなり距離感がかわれば明らかにおかしい。最初からふつうにしてればフォローもしやすかったはずだ。

それだけではない。あんな人目のあるところで萌香の力を試すようなことをした。それも間違い。二度目の占いを持ちかけたのも――いや、メアリの留守中に銀盤を持つようにそそのかしたのがそもそもの間違いだ。萌香ははじめから渋っていたのだ。中学のいざこざについてもきいていたし、当時萌香がメアリの前で大泣きするのを見ながら、「占いなんか覚えない方がよかったのかもしれない」と、翼も確かに思った。小六の自由研究は失敗だったんだと、後悔に似た悔しさを覚えたはずだった。

あんなに前から間違えていた。

いや、違う。もっと前だ。小学生最後の夏休みに思いがけず再会した、あの日よりもずっと前。自分の名前も漢字で書けなかったくらい、昔の――

「翼くん」

低い声に呼ばれ、唐突に思考が途切れた。薫子の横に座っていたはずの一路が、いつの間にかとなりに立っている。

「もう九時が近い。そろそろ帰宅した方がいいのでは？　送ります」

「あ――いや、いいっす。駅にチャリ置いてるし。自分で帰ります。すいません」

改めて時計を見、慌てて断ったが、一路はかまわずテーブルの上のキーを摑んだ。

「キミも高校生ですから。この時間にあの距離をおひとりで帰すわけにはいきません」

「そうだよ、少年。乗っていきな。自転車なんかいつでもいいし、萌香ちゃんはあたしが見てるから」

行きましょう、と一路に先導され、ほらほらと薫子に追い立てられて、翼はよろめくように席を立った。

だが、釈然としない。女子じゃあるまいし、遠くても、暗くても、ひとりでも、べつに平気だ。

「あの、ほんと大丈夫なんで」

一路が靴を履いてしまう前にもう一度言うと、広い背中がゆっくりとひるがえった。

黙っていても圧のある男が、高いところからじっと見てくる。

これぐらい身の丈があると残念ではないんだろうな。

脈絡もなくそんなことを考えていると、ふいにでかい手のひらが眼前に迫ってきた。

とっさに構えた翼の頭上で、一路の大きな手が跳ねる。やさしく、二度。

「キミも動揺しているはずです。今は大人の言うことをきいておきなさい」

「そうだよ、少年。今夜はゆっくりやすみな」

頭の上から手が離れていき、薫子にぽんとひとつ肩を叩かれると、支えを失ったように視線が足元に落ちていった。

となり同士で並んでいる自分のビーチサンダルと、細いリボンのついた萌香の靴。

──動揺。そうか。そうなのか。

なんだか急に、力が抜けた。


翌日、浜辺はひどく風が強かった。

空と海があいまいに交わる水平線から、びゅうびゅうとかたまりになって吹きつけてくる。かわいいと思って買った民族柄のロングスカートも、こういう場では厄介だ。髪も、日傘も。好き放題に暴れて、身体を小さくしていなければ制御不能になってしまう。

ひときわ強い風が砂を巻き上げ、萌香は目をつぶってそれをやり過ごした。

この強風で波が高くて、海の家の前にはレッドフラッグがたなびいている。おかげで水着姿の人は皆無だ。かわりに、浜辺で砂遊びをする人がちらほらいる。萌香もそのひとりだ。さっきまで日傘を片手に歩き回って、きれいな貝殻を拾っていた。

「うん、いい感じ」

萌香は集めた貝殻の山から、細長い巻貝をひとつつまんで砂の上に置いた。
続けて、ベーゴマみたいな三角の貝。トゲトゲした白い巻貝。爪の大きさほどのサクラガイ。貝だけではなくきれいな水色のシーグラスもあり、波に洗われた木の枝や、すべすべの小石、サンゴの欠片……と、目についたものを順に並べていく。

「――なにやってんの」

急に声をかけられ、扇形の貝を落としてしまった。
翼だ。白い開襟シャツに黒いパンツ、黒い靴という、めずらしくかっちりした格好でこちらを見下ろしている。日傘の陰に入っていたから、まったく気がつかなかった。

「お疲れさまー。面接どうだった？」

慌てて立ちあがると、とたんに風にあおられ日傘が暴走しそうになった。それを難なく捕らえた翼は、「余裕」とけろりと答える。

「うちのパン卸してる店だし、兄ちゃんもバイトしてたとこだし。落ちるわけないじゃん」

「あはは。だよね。お店あれでしょ？」

萌香は海にせり出すように建った茶色い建物を指さした。
翼が夏休みにアルバイトをする予定のカフェだ。店の手伝いだってあるだろうに、彼はどうしてか急に『今年の夏は稼ぐ！』と宣言して、今日の面接を決めていた。駅で自転車を回収しなくてはいけなかったから、ここまでずいぶん遠回りになったはずだ。

萌香は、薫子たちに車で送ってもらっていた。なんとなく翼と一緒に帰りたくて、わざわざここで降ろしてもらったのだ。

「薫子さんは?」

「お客さんから呼び出しがかかって、ついさっき帰ったよ。翼が来るまでは一緒にいるって言ってくれたけど、お仕事だし、行ってもらった」

「ふーん。――で、そっちはなにやってんの」

「あ、これ? 海岸アート」

足元に目を凝らす翼に、萌香はにっこりして答えた。翼を待っている間に薫子と貝殻なんかを拾い集めて、砂の上にモザイク画のような絵を作っていたのである。

「最初はハート型にしようって言ってたんだけどね、貝殻とかあまったから、横にヒラヒラをつけて天使の羽にするとこ。ちょっと待って、もうすぐ完成するから。できたら翼にあげるよ」

「いや、これどうやってもらえと」

「えーと、写真に撮るとか? アイコンにしていいよ、こういう羽になる予定だから」

ニワトリみたいに両手をパタパタさせてアピールしてみたが、翼の反応はうすかった。

「じゃあ待つ」とだけ言って日傘の柄を取り上げ、その場にどかっと腰をおろす。

萌香もロングスカートをひざ裏に折りこみ、日傘が作る多角形の影の下でさっき落とした貝を拾い直した。羽の付け根にそっと置く。

「……意外に元気だな」

はりきって完成を目指していると、しばらく海を眺めていた翼が、ぽつりとそうつぶやいた。「もう少しへこんでるかと思った」と。

何の事か、とか、きくまでもない。アルパカの人のことだ。

萌香は髪を触りながら苦笑いした。

「ごめん、大げさに騒いじゃって。よく考えたらたいしたことじゃないのにさ」

友だちと遊び回って、急に晩ごはんに男の人が来るのだと知らされて。動揺しながらも二人に合わせて行ってみたら、あの人がいた。

通りすがりで終わるはずの人だった。強引な人ではなかったし、乱暴な人でもなかったけれど、萌香が実力のある占い師だと信じこんでいた。そしてそれを周りに言いふらすことはせず、二人きりになってはじめて話題にした。まるで利益を独占するかのように。

馬鹿みたい。

ひと晩たってそう思えた。馬券を当てるために占いをさせても、嘘を言われたら大損するだけだ。むしろそうしてやればいいと酔った薫子は息巻いていて、そうだそうだと勢い任せに主張していたら、ガタガタしていた心もいつの間にかまるくなった。

たいしたことじゃない。本当に。

「そうだ。翼、ありがとね。ゆうべ、いてくれて助かった。言いそびれてた」

「べつに何もしてない」

「えぇー？　救世主だよ。英雄だよ。薫子さんも大絶賛だったし」

「そんなことどうでもいい。それより占いはやめろ」

　唐突に、翼が言った。

　しかしザンと波の音が割りこんで、うまく聞き取れた自信がない。

「――え？」

「占い。もうやんない方がいいって」

　右手で砂を摑んでサラサラ落としながら、翼は言う。今度ははっきりときこえる声で。

　萌香は貝殻をつまむ手を止め、決してこちらを向かない横顔を見つめ、時間をかけてその言葉を呑みこんだ。自然と首が傾いた。

「こないだまであんなに勧めてたのに？」

「まーね。でも、あんなヤベーやつが出てきたらさすがに目が覚めるって」

　手の内に残った小石を、翼はひょいと放り投げる。

　少し先で小石の分だけくぼむ砂。揺れた日傘。遠くで生まれては消える白い波。

　翼はそのどれも見ないまま、

「知らないやつに狙われるくらいなら占いなんかできなくていい」

ひと晩かけて用意したような、決意のこもった声で言う。

重い潮風がびゅうと吹いて、髪をめちゃくちゃに巻きあげる。同時に心の中で驚きと衝撃、そしてほんの少し悲しみや寂しさに似た感情がかき混ぜられ、萌香はうつむいた。

「大丈夫だよ。来週にはグランマが帰ってくるもん。わたしなんか誰も必要としないよ」

「……なんかとか言うなって」

「あ、卑下してるわけじゃないよ。占い、やってよかったと思ってる。猫見つかったし、それに金庫の番号も。翼が解明してくれたんでしょ？　薫子さん、泣いて喜んでた」

あれはたぶん、酔いも手伝ってのこともあったと思う。でも薫子は金庫の中から出てきた古い写真を机にのせて、亡き母と自分を比べては「似てるでしょ？」と言ってぽろぽろと涙をこぼしていた。

萌香ももらい泣きした。

そうして一日の最後にきれいな涙を流せたから、今、いやな気持ちが残っていない。

「ありがと、翼。わたし、助けてもらってばっかりだよ。ほんと、ありがと。ごめんね、なんか変なことになって」

ひときわ強い風が、砂を巻き上げ吹き抜けた。

「……間違えたの俺だし」

「え？　なに？」

風の唸りに邪魔されそうききき返すと、翼は膝をぐっと押して立ちあがり、

「これもらったから許してやるって言ったの」

ニッと笑って、萌香の足元をカシャリとスマホで写真に収めた。

砂の上に広がった、にぎやかな色合いの左右の翼。

理想の完成形からは少し遠いのに、翼は「いいじゃん。映えてる映えてる。ほら」と、ご機嫌でスマホをつきだしてくる。

こうして見ると確かに、旅行雑誌の片隅を飾れるくらいにはおしゃれな写真だ。

でも、今翼が言ったことは、前と後でぜんぜん違う気がする。

「アイコンかえようかなー」

翼がその場でスマホをいじりだす。昨日のことなんてまるでなかったかのように、「お、サイズばっちり」と、楽しそうに笑っている。

（……それでいいのかも）

萌香は思った。

イケメンアルパカに遭遇したことも、占いをやったことも、なかったことにすればいい。

薫子夫妻に出会ったことはなかったことにはしたくないから別枠に置いておくにしても、必要ないところは丸ごとなかったことにすればいい。

祖母の留守中は平穏無事で、一番の事件はシチュー鍋を焦がしたこと。

もちろんにわか占い師はこれにて廃業。

（うん——そうだ。それでいい）

頬にかかる髪を払い、白波の立つ海を眺めながら萌香は思った。

このときは確かに、そう思っていたのだ。

三章　古くて新しくて、今そこにある

――暗い空に朱(あか)い光が点々と浮かんだ夜。

彼女は小さな両手をふんわりつつんでささやいた。

「今日のことは決して忘れないで。いつか必ず、ありがとうと言われる日が来るから」


朝の景色が美しいものだということを、萌香(もか)はこの街に来てはじめて知った。

六時のアラームで起きだして、新聞を回収するついでに遠い海を眺めれば、朝日の欠片(かけら)が波間を泳いでちらちらと光るのだ。

昼間のキラキラとまぶしい海も好きだけど、朝の海の控えめな輝きはとりわけ気に入っている。たまに水平線があわい金色に見えるのもポイントで、運よくそれが見られたときには得した気分になる。

今日は、そのレアな方の日だった。

（うわー、ラッキー）

朝のひそやかな空気と、おとなりから漂ってくるパンの香りをめいっぱい吸いこんで、萌香は新聞をストレッチゴムがわりにぐうっと腕を伸ばした。

爽快な朝である。百点満点をつけたいくらいに。

「なんだかそのまま新聞を破ってしまいそうねえ」

ふいにくすくすと笑うのがきこえて、萌香は振り返った。

視線の先、庭のハーブ畑で祖母のメアリがブリキのジョウロを傾けている。先日たっぷりのお土産を抱えて、無事に帰宅したのだ。

「グランマ、見て見て。海きれいだよ」

萌香が手招きすると、祖母は愛用の白い割烹着で手を拭きながらツルバラのアーチをくぐり、門扉の前に立った。灰色の目でゆるりと遠くを眺め、「きれいねえ」とほほえむ。

「今日は水平線が金色の日ね。きっと特別な一日になるに違いないわ」

「グランマが言うと本当にそうなりそう」

「心がけ次第ですよ。あなたがあなたの一日を特別にするの」

祖母が目を細めてそう言うと、萌香の心にふわりとさわやかな風が通り抜ける。

祖母が占い師だからか、はたまた外国で生まれ育ったからか。祖母と暮らしていると、よく魔法のように力を持った言葉に出会う。なぜか少しもあらがう気が起こらない、不思議な言葉たちだ。

「わたしがんばるよ。特別な一日、作るよ」

今日も簡単に魔法にかけられて、握ったこぶしを軽く突き上げる。祖母がおかしそうに笑って再び海を眺めた。萌香もそうする。水平線を走る金色のラインはやっぱりきれいで——でも、今日はなにか少し引っかかった。

半端におろしたこぶしを一瞥（いちべつ）する。

「……そういえばグランマ、わたしちょっと前に《糸繰（いとぐ）り王子》の夢を見たんだよね」

「まあ、そうなの。どんな夢？」

「《糸繰り王子》が金色の糸を拾って、中指に結んでくれるの。その日に薫子（かおるこ）さんと知り合ったんだよね。あれってもうすぐ誰かと出会いますよーってことだよね」

「金色……そうねえ……」

頬（ほお）に手を添え、灰色の目を上に向けて祖母は考えた。そして魔法をかけるように人差し指を宙に走らせて、

「それは新しいご縁と古いご縁、今あるご縁が絡み合うという前触れではないかしら。前にどなたかを占ったとき、《糸繰り王子》がたくさんのご縁をよりあわせて金色の糸を作り上げているところを見たことがありますよ。その人はそのとき周りの方々にとても助けられたとか」

「あ、そうなんだ」

拍子抜けしてしまった。

糸を結ばれたから出会うのだ――という解釈は、安直すぎたらしい。

古い縁と新しい縁、今の縁。

頭の中でその言葉たちをくるくる回しながら萌香は考える。

ひとまず最新のご縁が薫子たちで、古い縁が翼や祖母をさすのはなんとなく分かるけれど――今のご縁ってあいまいだ。知り合ってしまえば薫子たちとのご縁も「今」だし、過去に生まれた翼や祖母とのご縁も「今」に続いている。

なかなか、解釈が難しい。

「それにしても、《糸繰り王子》は本当にあなたのことが好きねえ。彼が夢の中まで会いに来てくれるなんて、わたしには経験がないことだわ」

「う、うーん……《糸繰り王子》、かわいいと思うんだけどね。なんか、こう、不吉な予感もしちゃうんだよね……」

それは昔見た夢のトラウマのせいかもしれない。はじめは薫子とのご縁を運んでくれてありがたいなあと思っていたけれど、近頃どうも、あの愛らしいかぼちゃパンツの王子さまが無邪気に大変なことをしでかしそうな気がしてならない。

明確な根拠はない。どちらかといえば感覚的なものだ。

——そしてこういうよくない予感にかぎって、迅速に、あっさりと当たるのである。

夏休み目前の水曜、昼休み。

妙にクラス内が騒がしいことに、萌香はわりと早くから気がついていた。

いつもお昼は蘭と真瑠莉と机をくっつけてお弁当を食べていて、今日もそれはかわらなかった。遊びに行った日に妙な感じでひとりだけ先に帰ってしまって、ちょっとだけ心配していたのだけど、真瑠莉は「また行こー！」と屈託なく笑い、蘭が「おばあちゃん大丈夫だった？　大変なことになってない？　もう平気？」といつになく深刻な顔をしていたくらいで、三人の関係性は以前とさしてかわりない。かわりなさすぎて、ありがたいような、申し訳ないような気分で、祖母が持たせてくれた大きなハンバーグ入りのお弁当をせっせと食べていたのである。

はっきりと事件に気がついたのは、真瑠莉が笑いだしたときだ。

「あはは、コンちゃんヤバーい。ご立腹」

小さなフォークで唐揚げを食べていた真瑠莉は、教室の対角線上を見ていた。蘭もおにぎりをくわえた格好でそちらを見、萌香は狙い定めていたミニトマトに箸を添えたまま同じ方に目をやる。

ひとかたまりになった男子たちの中で、コンちゃんこと近藤弥太郎が太い腕で翼の首を絞めあげていた。もちろん遊び半分なんだけれども、彼も外野も、翼に「吐けー！」とかなんとか言って迫っていて、やたらと騒がしい。

（翼、なんかやったのかな……）

弥太郎は翼の幼稚園からの友だちだ。萌香も小六の時点で一度会っていて、占いをしてあげたこともある。そして、高校に入学するときに翼を通じて全部秘密にしてもらうように頼みこんでいて、今のところ協定を保ったまま――ひょっとすると翼よりも自然なくらい――ふつうのクラスメイトをやっている。ちょっと調子のいいところがあるものの、野球部員らしい礼儀正しさと男気を持った人なのである。

その弥太郎がご立腹とは、よほど何かあったんだろう。翼の方はあきらめているというか、あきれているというか、勝手にしてくれとでも言うように無抵抗を決めこんでいるが、弥太郎の攻撃の手はなかなかゆるまない。

「何やったんだろ……」

萌香は思わずつぶやいた。蘭は興味がないのかもくもくとコンビニおにぎりを食べ進めているが、真瑠莉はすこぶる楽しそうに「ただの嫉妬だよー」と暴露した。

「嫉妬？」

「そー。春野くん彼女できたっぽいじゃん。でも白状しないからー」

箸で挟みかけていたミニトマトがごはんの上に転がり落ちた。

翼に、彼女？

学校の行き帰りと店の手伝いで時間の大半を使い尽くす翼に？

親切だけどときどき腹立たしいくらいあまのじゃくな翼に――彼女？

三回ほど頭の中でくり返して、周回遅れで理解が追いついてくる。

「え、なにそれまるるん。わたしも初耳」

「んーなんかちょっと前にうちの学校の子と相合傘で帰ってたの目撃されたとかいう話だよ。それにここのところ帰りに毎日誰かを待ってるらしいし……極めつけはコレかなー」

真瑠莉はスマホでとある画像を見せてきた。砂浜に貝やシーグラスで羽の形が作ってある――ものすごく見覚えのあるものである。

「春野くん、アイコンこれにかえたんだって。これ絶対女子が作ったやつでしょ」

「あー……うん……」

萌香は遠い目をした。作ったなあと思う。薫子と二人できゃっきゃとはしゃぎながら。

それに相合傘にも覚えがある。ラーメン屋帰りの夕立のときではないか。傘に入れてもらうかわりに頼みごとをきく羽目になったからぜんぜん意識していなかったけれど、確かに状況はまごうことなく相合傘である。

そして帰りに誰かを待っているというのは――『当分学校の行き帰りは二人でね』という薫子の言いつけを遵守することによって生まれる副産物。

（つまり全部わたしのせいじゃん！）

たちまち顔の真ん中で膨大な熱が弾(はじ)け、変な汗がふきだしてきた。

ヒヤヒヤだかドキドキだかしながら再び対角線上の一団に目をやる。翼も誤解だと訴えればいいものを、開き直りの笑顔で「ハハハうらやましいだろー」とか言い出すから火に油の大炎上。いっそうの攻撃を食らっている。

（あああ……ごめん翼、今度なんか奢(おご)る！）

たまらず大騒動から目をそらし、心で強く手を合わせる萌香である。

『用事ができたから今日は先に帰ります』

放課後、翼に手早くメッセージを送って萌香はそそくさと教室を出た。

日替わりで学校近くの路上や店で落ち合って帰るのがここ数日の決まりごとだったが、さすがにあの騒動を目の前にしては「いつもどおりに」という気持ちになれなかった。

今日は特に、翼も将棋(しょうぎ)部の集まりがあると言っていたから、もともと帰るタイミングがずれている。日頃の活動量は個人任せというゆるい体制である分、月一の全員集会はしっかり行うというのが将棋部の決まりだから、時間もかかるはずだ。

（でも将棋部で翼が何やってるのかぜんぜん想像つかない……）

　グラウンド沿い、フェンスの向こう側で駆け回っているサッカー部員を横目に見ながら、萌香はしみじみと思う。

　翼は中学まではサッカー部で、キッズサッカーからキャリアを積んできた十年選手だ。日本代表戦が放送される日はテレビにかじりつくような人だし、環境が許せば迷わずサッカー部に入っただろう。けれどあいにく湊西高校は全国レベルの強豪校で、練習はきついし拘束時間も長い。部活はやりたいけど家の手伝いもはずせない翼にとっては、一部の実力者と趣味程度の部員が適度に住み分けている将棋部の方が、断然居心地がよかったのだ。

（翼のそういうとこ、尊敬する）

　これがあるからこうする、というような目的意識が強いところ。

　そしてそれがぶれないところ。

「あー……勝手に帰ったら怒るかな。怒るよなー」

　苦笑いしながらこんもりした入道雲を見上げる。日傘があっても「あぶられている」と感じるような、強烈な日差しが降っている。グラウンドの端を野球部員がランニングしているが、萌香だったら二週目にはもう倒れてしまいそうである。

「暑……」

　一瞬でかき消える萌香の声とは正反対に、野球部の掛け声が空高く駆けのぼっていく。

　汗がひと筋首を伝い、萌香は何か飲みものでも買おうと思いついた。このままでは家に着くまでに干からびてしまう。

ちょうどグラウンドの端に立つ大きな栴檀の木の下に、自販機が三台並んでいる。いちおう道路を正面に見る形で設置されているものの、スポーツドリンクが多めに入ったラインナップで、湊西高の生徒向けに設置されていることが明らかな自販機だ。傍らには金網で作られた大きなゴミ箱と飲料メーカーのロゴが入ったベンチが一台あって、日が落ちるころには部活を終えた生徒がそこにたむろして休んでいるらしい。

さすがにまだ誰もいないだろう――と思ったら、客がいた。同じ学校の生徒ではない。私服で、帽子がわりなのか青いスポーツタオルを頭にかけてぐったりしている。

ベンチは木陰になっているものの、一帯に漂う空気がそもそも蒸気のように熱くて重い。ダレるのは当然だ。

熱中症とかじゃないよね……と思いつつ、萌香はその自販機での買い物をあきらめた。深い意味はない。空いてる席にどうぞと言われてもあえて誰かのすぐとなりに座らないのと同じことだ。自販機ならもうひとつ先の角にもある。

「――萌香ちゃん？」

三台のうちちょうど真ん中の自販機の前で、不意打ちに呼び止められた。

ベンチで死にかけていた人が顔を上げている。ひゅっと息を呑んだ。

タオルをかぶったその下の顔――見たことのある顔だったのだ。前髪が左側に寄った、少しとぼけたアルパカ顔。名前も知っている。確か、三沢厚士。

「こんにちは。学校お疲れさま」

イケメンアルパカこと三沢厚士は、すっくと立ちあがり、頭のタオルをとって笑った。

確か電車で二時間かけて大学に通っているという話だったはずだが、なぜかこんな時間にこんなところにいる。

しかしそれより何より、ふつうにあいさつしていることに萌香は驚いた。

あの日「送るよ」と言われたあと、かなり強固に無視して駅まで逃げたのだ。にもかかわらずこの笑顔を見せられるのが不思議でならない。メンタルが強いのか、無神経なだけか。彼はタオルを持ち直し、「暑いね」とのんびり言いながら首の周りの汗を拭く。

萌香は少しの間圧倒されたあとで、素通りすることに決めた。日傘の柄を握りしめ、それまでより歩幅を広くする。

「あ、待って」

予想はしていたが呼び止められた。きかなかったことにしようと思ったけれど、

「こないだごめんね」

思いがけずあやまられたから、つい靴の踵をぺたりと地面につけてしまった。

ちらりとのぞいた日傘の向こうでアルパカ顔が笑う。出会い方がふつうだったらまあまあ好印象を持てる笑顔。あいにく、手遅れだ。

萌香は岩のように黙った。泣いて逃げ出すほどのショックはないが、あの日薫子と「今度会ったら言ってやれー！」と言って羅列していた文句がひとつも思い出せないくらいには混乱している。

「お詫びに来たんだ。ごめんね。僕うざかったよね」

自分が消えるべきか相手に消えてもらうべきか。そしてそのためにどうすればいいか。ぐるぐる考えているうちに彼は言った。しかしイエスともノーとも答えにくい問い方で、萌香はいっそう黙ってしまう。他人にネガティブな言葉を吐くのは得意じゃないのだ。そしてこの人を相手に気づかいの嘘を使うのもいやだ。

無反応でいると、彼はタオルを持ち直しながら「えーと」と言葉を探した。

「こないだのこと、少し説明させてほしいんだけど、どこか涼しいとこで話せないかな？長くはかからないから」

「……それはちょっと……」

やっとまともに意思表示できた。この人とどこかに行く？　絶対無理だ。

「だよね」

特に気分を害したようでもなく彼はうなずく。

「暑くても平気だったら、ここでもいいよ。何か飲む？　奢るよ」

「けっこうです」

「そっか。――よかった。返事してもらえないくらい怖がられてたらどうしようかと思ってた。あ、座って。端の方は日陰が多いよ」

いいえ、とこちらも断りながら、萌香は思ったより自分が落ち着いていることに気がつく。待ち伏せされたのは明らかなのに、指摘されたとおり怖いとは思っていない。あの日は一刻も早く逃げ出さなくてはと必死だったのに。

(……あ、そっか)

ふと気づいた。

自分はあの日、べつにこの人のことが怖かったわけじゃなかったのだ。怖かったのは、蘭や真瑠莉の前で占いの話を持ち出されること。

そうと分かったら少し気が楽になる。

萌香は、日傘を真っ直ぐ持ち直した。祖母の言葉を思い出し、勇気を出して口を開く。

「とりあえず、説明っていうのききます」

自分自身で作るもの。このまま黙っていては何もすまない。特別な日は
「ほんとに？　ありがとう」

やわらかく笑って、三沢厚士は再びベンチに腰をおろした。気づかいかもしれなかった。彼は萌香よりも背が高くて、これで見下ろされることがなくなる。

「えーと、どこから話そう。まずは――そうだ、もう一回あやまるね。いきなり馬券当て

てとか言ってごめん。あんなこと言われたら不愉快だよなーってあとから思ったんだけど、僕の方もあのときけっこう余裕なくて。手っ取り早く稼ぐ方法ないかってずっと考えてたから、ついポロッと出てしまったというか……」

なんだ結局お金が欲しいのか。萌香は警戒してあごを引いた。それをつぶさに見てとったのか、三沢厚士は「余裕って、精神的な余裕ね」と慌てて補足してきた。

「僕のおばさん、がんが見つかってさ。治療費が必要で。ちょっと手助けしたかったんだ」

「……がん……？」

「あ、がんて言っても初期の段階で見つかってるから、そこまで深刻ではないけどね」

急いでつけ加えたあと、彼はタオルで顔を拭(ぬぐ)いながら細くため息をついた。

「おばさん、シングルマザーだし仕事もパートだから、この先の生活とか、治療費のことをすごく心配してたてね。学生が手助けするって言っても遠慮されるの分かってるし、馬券でも宝くじでも当たったらおばさんも気軽に受け取ってくれるかなと思って……今日も正直、萌香ちゃんに期待して来てる」

説明しながらあちこち眺めていた目が急に萌香の双眸(そうぼう)を捉(とら)えにきて、萌香はとっさに日傘の角度をかえた。

きかなきゃよかったと一瞬で後悔した。がんだなんて重い病気を持ちだされたら、同情的でいなければならないような気がしてくる。

（失敗した……どうしよう）

今さらひとりで学校を出たことを後悔し始めたとき、三沢厚士がふいに横を向いた。つられて萌香も日傘をそちら側だけ上向きにした――瞬間、がしっと手首を摑まれた。

「馬鹿」

そして罵られる。

翼だ。

ひどく息切れして、水を浴びたように汗を流し、鞄の口を半分開けたままで、彼は強く萌香の手を引き寄せる。

「翼、なんで。部活は」

「弥太郎が」

それだけ答えて、彼は荒い呼吸を呑みこんだ。

とっさにグラウンドの方を見る。声をあげてランニングしている野球部の集団が、ちょうど近くを通りかかった。その最後尾、飛びぬけて背の高い近藤弥太郎が、背中で手をヒラヒラさせながら目の前を通り過ぎていく。

（――コンちゃん、神だ）

さすがだと思った。さすが翼の友だちだと。胸がいっぱいになる。

「……大丈夫か」

翼が声をひそめるのに、萌香はうんうんとうなずいた。強がりではない。汗まみれの翼を日傘の中に入れてあげられるくらいにはもう余裕を取り戻している。

やっぱり翼はすごい。いてくれるだけでホッとする。

三沢厚士が立ちあがった。二人して視線を上向きにすると、彼は一度バックパックを揺すり上げるようにして姿勢を正し、翼に狙いを定めて笑った。

「はじめましてだね。僕はキミのこと見たことあるけど。三沢です」

「知ってます。なんか用ですか」

丁寧にあいさつされたのに、翼はつき返すようにそう言った。相手をすっかり敵と認定した顔である。

反対に、三沢厚士は友好の旗を掲げるかのように、「お詫びに来たんだよ」と答える。

「あと、改めて萌香ちゃんにお願いに来た」

「ありえねー。きくわけないじゃん」

らしくもなく、翼は初対面の年長者にぞんざいな口を利いた。態度が悪すぎて萌香の方がハラハラするが、正常な呼吸を取り戻しつつある翼の口は止まらない。

「なんでそんなことも分かんないんですか。陵山（りょうざん）大学ってそこそこ偏差値高い方ですよね。ホテルのレストランでバイトしてんだったら空気読めるだろうし、サークル幹部とかやってるくらいなら人並みの常識とか判断力とか持ってるんじゃないですか」

翼がべらべらと一方的にしゃべると、アルパカっぽいとぼけた顔が、はじめてシュッと引き締まった。少し声を低くして、

「なんでそんなこと知ってるの？」

「調査会社の人に調べてもらいました」

翼は堂々と答えた。調査会社――ということは、薫子の手を借りたんだろう。

「……翼、いつの間に……」

「絶対また現れると思ってたんだよ」

ふんと鼻を鳴らし、翼はきつく敵をにらんだ。

「三沢さん、国家公務員志望なんでしょ？　女子高生追い回して警察沙汰になるとか、将来的にすげー困るんじゃないですか」

「……そこまで調べてるんだ。怖いなー……」

「大人の知恵借りてるんで」

とどめのひと言に満足したように、翼は悪い顔をして笑った。少し、薫子に似たところのある表情だ。

「警察沙汰は困るね」

三沢厚士が襟足をかき乱した。顔の作りのせいか、言うほどの切迫感はないように見えた。ゆるっと顔を上げるところなんてまさにアルパカだ。

と、萌香は油断した。

「でもさ、湊西高に凄腕女子高生占い師がいる――って、ネットとかで噂になったら萌香ちゃんも困らない？」

「――やめてください！」

思わず叫んだ。一拍遅れて鳥肌が立つ。こんなに暑いのに。

「脅しかよ」

翼が吐き捨てる。

「違う違う。そう思わないかなあって話だよ」

指先で前髪を端に流す三沢厚士は、かわらずのんびりした笑顔である。悪意や害意をきれいに包み隠す、巧妙な笑顔。

この人は頭がいい。萌香は気づいた。そしてそういう人を、はじめて怖いと思った。

「薫子さん呼ぶか。一路さんも。ヤバいときは連絡しろって言ってたし」

翼がポケットからスマホを抜いた。ためらいのない手つきだった。萌香もかまわないと思って、翼が画面ロックを解除するのを見つめた。

迷惑かけちゃダメだとか、騒ぎたてちゃダメだとか、いつもの萌香なら当然考えることが少しもブレーキにならなかった。病気のためときいて同情的であらねばならないように感じてしまったけれど、そんなの錯覚だ。

こういう形で言いなりになるのはよくない。薫子だってきっとそう言う。

確信して、翼が薫子の電話番号を呼び出すのを見守っていたときだった。

「ダメ！」

いきなり、三人の真ん中に飛びこんできた人がいた。

自販機の裏から躍（おど）り出て、きれいな黒髪をなびかせて、「大ごとにしないで！」と悲鳴のような声で彼女は叫ぶ。

萌香は、はっと息をのどにはりつけた。

一瞬でからからに乾いた口から、かろうじて声が漏れる。

「……蘭ちゃん……」

「ごめん――ごめんモカちん。うちがあやまる。お願い。大ごとにしないで。あっちゃんに迷惑かけたくない。あっちゃん悪くないから」

蘭は――一見おしとやかに見える和風美人の彼女は、年上の大学生を当たり前のように背中にかばい、罠（わな）にはまってもがく鶴みたいに必死に訴えかけてきた。そして、「あっちゃんも！」と、同じ勢いで背後を振り返り、

「モカちん困らせないで。そういうのいやだ。いやだよ」

「あ……ごめんごめん。さっきのは本気じゃないよ。心配しないで」

泣きそうになる蘭の頭上に、彼の手のひらがやさしく降る。

そのおさまりのいい手を、そして「あっちゃん」という呼び名のなじみのよさを目の当たりにして、萌香は心が端から凍りついていくのを感じる。

ひょっとすると、さっき彼に呼び止められた瞬間より、先日合コン会場で顔を合わせたときよりも、よほどショックだったかもしれない。

二人が知り合いというには親密であることは明らかで、ならば、バス乗り場ではじめて遭遇して、特定されて、合コンで再会して、今日また会って——いったいどこまでが偶然だった？

「……なに、これ小辻さんが仕組んだの」

翼がつぶやいた。のどの奥で黒い炎が揺らめいているような声だ。蘭がぎくりとして、固まる。怯えるように泳いだ目と、一瞬視線がぶつかった。でも、すぐにそらされた。じくじくと傷が膿むような動悸がした。さっきからずっと摑まれたままの左手首に強い力がかかり、急に泣きたくなってくる。

梅檀の木の上の方で、蟬がジージー鳴き始めた。

空はまぶしく、風は熱い。くちびるを引き結んだ蘭のあごから汗の粒がぽつんと落ちて、アスファルトに染みができる。

「……やっぱり涼しいところで話そっか」

三沢厚士が静かに提案する。

おかしなことに、嵐を呼んだはずの張本人が、この場の誰よりも冷静だった。

「僕らいとこ同士なんだよ」

空席の多い午後四時半のファミレスで、三沢厚士の長い告白はそんな言葉から始まった。彼のとなりにはずっとうつむいている蘭がいて、向かいに萌香と翼がいる。

テーブルには冷たい飲みものが四人分。ただ、氷の浮いたオレンジジュースは誰の分も減らないまま、グラスの表面をいくつもの水滴が伝い落ちるばかりだ。

「小さいころは近所に住んでて、学校帰りにお互いの家に預けられたり預かってもらったりして、蘭ちゃんちが離婚して家同士の付き合いはなくなっても、僕らはけっこうマメに連絡取りあってる。——ね」

厚士の呼びかけに、蘭は小さくうなずいた。

「それで、先月の末くらいだったっけ？　蘭ちゃんから相談されたんだよね。お母さんにがんが見つかったって。……ごめんね。なんか重い話になるけど」

気づかうような言葉を挟んで、厚士は続ける。

「わりと早期で見つかったから、余命何カ月とか、そういう話じゃないみたいだけど、それでも治療費とか必要になってくる。治療が始まったら仕事休むことになるし、収入も減るよね。がんって告知されただけでもショックなのに、お金の問題まであるから、おばさん、けっこう精神的に疲れてるみたいでさ。蘭ちゃんも不安になってて」

ちょうどそういう相談を受けたあと、彼は駅前で萌香のことを見かけたのだと言う。

結果的に自販機の当たりが出るタイミングを言い当てる格好になった、あのシーンだ。

厚士はそれまでの笑顔をいっそう晴れやかなものにして、

「あのときは本当に偶然見かけただけだったんだけど、なんかこう、魔法にかかった気分になったんだよね。あの子に馬券でも宝くじでも当ててもらえたら蘭ちゃんたち助けられるじゃんって、自分でもびっくりするけど、本気で思った。制服が蘭ちゃんと同じだったし、ハーフっぽい子だからすぐ分かると思ってて、実際きいてみたら友だちだって言うじゃん。これはもう頼むしかないって」

「――だったらストレートに頼めばよくないですか」

興奮気味に語る厚士に、翼が冷たく言葉を返した。「なんでわざわざ合コンとか回りくどいことしてんですか」と。

パッと蘭が顔を上げた。

「それはうちが言った。その方がいいと思って」

「は？　なんで」

「だって、今までモカちん占いやるとか言ってなかったから……」

遠慮がちな蘭と目が合い、今度は萌香の方がうつむいてしまった。黙っていたことへの罪悪感。知っていてなお知らんふりしてくれた彼女への申し訳なさもある。

「あ、蘭ちゃんが発案だけど、判断したのは僕だから」

沈黙を埋めるように厚士が説明した。それまでより少し早口で、

「話きいてたら萌香ちゃんが占いのこと秘密にしてるんだなって分かったから、合わせた方がいいってね」

そこまで言って、一度肩で息をつく。

「合コン組もうってことになったのは、あくまで僕が主体で頼んだ方がよさそうだったから。いちおうね、信頼関係築いてから切り出した方がいいなって思ったんだよ、これでも。うまくいかなかったけど。ああいうの慣れなくて、気が急いたんだよね。ごめん。萌香ちゃんはいい気持ちしなかったよね。本当、申し訳ない」

厚士は急にテーブルに両手をついて、カエルみたいに頭を下げた。横の席の人たちが一瞬目を奪われ、ひそひそと何かを話し出す。ダサく見えたのか少し笑われていた。でも、萌香にはその平謝りが「責めは全部自分が負う」というような雄々しい態度に見えている。

萌香はひととき圧倒され、おずおずとうなずいた。身内の病気――しかもそれが友だちの母親のことであるときいてしまったら、もう責める気持ちにはなれない。

「ごめん、モカちん……」

蘭がぽつりとつぶやいたが、萌香は小さく首を振るだけで、どう言葉を返していいか分

からなかった。自分こそ友だちに対して秘密を持っていたことをあやまらなければいけないし、母親が大病を患っていることにお見舞いの言葉をかけなくてはいけない。

しかし今は何を言っても薄っぺらい言葉にしかならないような気がする。

「援助してくれる人いないの？」

いくぶん落ち着いたらしい、翼が両肩を背もたれにつけた格好でたずねた。

蘭は疲れたように首を振る。

「じいちゃんは病気してるし、ばあちゃんは亡くなってる。お母さんひとりっ子」

「僕は蘭ちゃんの父方のいとこなんだよね。いちおう自分の親にも掛け合ってみたけど、蘭ちゃんに何かあるんならともかく、元嫁ってなると反応が厳しい」

「親父さんは？」

「ダメ。前にお父さんの稼ぎが悪いって夫婦喧嘩になったことある。今さら助けてとか、都合よすぎて言えない。養育費もいらないって、お母さん、意地張ったもん」

蘭がテーブルの上で両手を握りしめる。十代の女の子のものとは思えない、荒れた手だ。バイト先の居酒屋で頻繁に消毒をしたり、洗いものをしたりするのが原因で、バイト三昧だからハンドクリームのケアでは追いつかない、でも稼げるからいいんだと、彼女が笑って話していたのは入学して間もないころだ。あまりに早いバイトデビューに、真瑠莉と一緒になって彼女を称賛したことを覚えている。

「萌香ちゃん、力を貸してくれないかな。大金が欲しいなんて言わない。少し足しになるくらいでいいと思ってる。占いに代金が必要なら払うし、場所も時間もこっちが合わせる。もちろん秘密も守る。終わったら僕は二度と顔を見せない。他に要求があったら何でも言って。できるかぎりきくから」

「――無理」

手持ちのカードを片っ端から切っていくような厚士の必死の訴えに、非情に答えたのは翼だった。いつの間にか背もたれに預けていた身体を浮かせていて、

「結局金目当てに利用したいってことでしょ。誰がのるかって」

「翼、言い方……」

「事実だろ。今さらどうつくろったって印象かわんないって」

教室ではまずきかないだろう翼の辛辣な言葉に、蘭がくちびるを噛んだ。

彼女だって、きっと自分のしていることが最良の選択だとは思っていない。でも現実問題としてお金は必要で、蘭にはバイトをがんばることくらいしか手立てがない。テスト期間中でも休まずバイトに励むくらいのことしか。

実際、がんばっている彼女の姿を見ているから、萌香は翼のように強く拒絶する気持ちにはなれなかった。お金の問題を占いで解決を図ろうとすることがいいかどうかはひとまず置いておくにしても、健気な想いはくんであげたいと思う。

「帰るわ」

前触れもなく翼が立ちあがり、彼に押し出されるように萌香も席を立った。蘭も厚士もハッと顔を上げた。無慈悲に出会った表情だった。でも翼はかまわない。萌香の手を掴んで、引っぱっていく。

「翼、待って。お金」

「払わせときゃいいじゃん」

「ダメだよ」

力いっぱいに自分の手を取り返して、急いでテーブルに戻って千円札を置いた。「いいよ」とすぐに厚士が断ったけれど、萌香は首を振った。正直お金なんてついでなのだ。

萌香は、学校では一度たりとも見せたことのない、迷子のような顔をした蘭を見つめた。

「蘭ちゃん、どうしてお母さんのこと黙ってたの？」

言ってくれればよかったのにと思う。お金のことも病気のこともたいした助言はできないけど、不安な気持ちをきくくらいはできた。母子家庭だってことも今日まで知らなかった。蘭のことを責めたくはないけど、この点だけは釈然としない。

「……モカちんは？」

蘭は、思いがけずしっかりと見つめ返してきた。

「どうして占いのこと黙ってたの？」

今さらと思える問いかけが、静かに萌香ののどを絞めあげる。

それは蘭にとって純粋な疑問にすぎなかったかもしれない。

しかし萌香は気づいてしまった。

うすい殻が割れ落ちるように、見えなかったものが――見ようとしなかったものが目の前に迫ってきて、まったく不意打ちに悟ってしまったのだ。

蘭が自分のことを語らなかったのも、厚士が慣れない無茶をしたことも、翼が近ごろずっといらだっていることも――萌香が困惑している今の状況も。

生み出したのは全部、自分だ。

いつも周りに合わせて誤魔化してばかりの自分が、こんなにも事態を複雑にした。


「……どうすんの」

ファミレスを出ていつもの道に戻るころ、翼は背中できいてきた。

気持ちが荒れているのか、アスファルトを削るような足取りで、彼は萌香よりも少し先を行っている。

「さっきは拒否ったけど、学校行ったら今度は小辻に直接頼まれるかも。どうする気？」

頼みごとをどうするか。その後の蘭との付き合い方をどうするのか。「どうする気？」には二つの問いが含まれている。

萌香はひとまず、片方だけを答えた。

「グランマに相談する。馬券とか宝くじとか、そういうのは無理だと思うけど……蘭ちゃんを助ける方法を占ってくれるかも」

「は？」

先行く背中が急にひるがえる。信じられないような顔だ。

「手貸すの？」

「……だって、お母さん大変じゃん。ほっとけない」

「ほっとけなくて、なに。ばあちゃんに押しつけんの？」

「そんなんじゃないよ。わたしじゃ判断できないから――」

「押しつけんでしょ」

「違うってば……」

反論する声が、情けないほど弱々しかった。

察したのだ。たぶん翼は、萌香が逃げたと思っている。占いから、ではなく――友だちと向き合うことから。これまでがずっとそうだったように。

だが今度は違う。断じて違う。キャリアのある人に任せた方がいいと判断しただけだ。問題はお金のことではなく、母親の病気のこと。そして親子の生活のこと。精度の高い答えが必要だし、なにより蘭には安心が必要だ。そう思ったから祖母を――

「ばあちゃん、占いできなくなってるぞ」

唐突に、翼が言った。

頭の中で高速展開されていたものがフリーズし、全身がくまなくこわばるなか、睫毛だけがぐうっと上に持ちあがる。

「……え？」

「去年くらいから《王族たち》が応えてくれなくなったって。そろそろ引退するって」

「……嘘だあ」

「こんなことで嘘ついてどうすんだよ。薫子さんも言ってたろ。占い断られたって」

無理やり笑い飛ばそうとして、できなかった。表情筋を変に引きつらせながら、萌香は意味もなく髪を耳にかけ、顔の輪郭をなぞり、最後にその手を握りしめる。

透視のような占いを断られたという薫子の話。

それは「どうしてだろう」と何度も思いながら、答えが得られないままになっていた疑問だった。勝手な思いこみから得手不得手の問題だろうと安易に片づけていたが――

（……《王族たち》が応えない……）

肌の上を汗が這う。

祖母・メアリは七十歳が近い。近頃本を読むのに眼鏡が手放せず、テレビの音量が前より大きくなった。たまになんでもないところで足を引っかける。病気というほどの病気はそう見えている。

ないけれども、萌香がかつてあの家で過ごした夏に比べてあらゆる動きがゆっくりになった。確実に歳をとっている。でも、衰えているのは身体だけだ。少なくとも萌香の目にはそう見えている。

「どうすんの」

萌香の心が追いつくのも待たず、翼は再び迫った。何かに挑むような目をしていた。

「ばあちゃんは頼れない。やるなら自分でやるしかない」

「無理」

考える間もなく答えが出た。いつしかくちびるが震えていて、

「友だちには、占い、できない……」

「だろうな」

あっさりとうなずかれた。理解あってのその答えではなく、期待がないゆえの答えにきこえた。彼は知っているから。二年前の——中学生の萌香の、大きな失敗を。

「じゃあふつうに断れば？　一瞬で解決じゃん」

「それは……深刻な悩みを打ち明けられてそっぽを向くなんて、感じ悪いし……」

「ハハ、お得意の女子のたしなみ？　くだらねえ」

萌香は目を見開いた。

さっきまで萌香をかばい、味方してくれていた人は、知らない間にぶ厚い壁の向こう側

で、ダメなキリンをせせら笑っている。

　ねばついた黒い感情が胸をせりあがる。絞り出すように、「気づかいだよ」と反論した。

「わたしはみんなにとっていい方法考えてるんだよ」

「考えた結果がばあちゃんだったたってことでしょ。ばあちゃんに任せれば引き受けるのも断るのも楽だもんな」

「だから違うってば！」

　ついに叫んでしまった。自分でも引くほどの大声で。

　でも、そうして翼の言葉を打ち消そうとしたところで、だからどうしたいとか、どうしたらいいとか、ひとつとして思いつかない。そんな現実が悔しくて腹立たしくて――ひどく恥ずかしい。顔が、耳が、目のきわが、急速に熱を帯びてくる。

　横を通り過ぎた宅配便のトラックが、ゆっくりと坂をのぼっていく。

「……ほんと間違ったな」

　エンジン音に混じってため息がきこえて、萌香は顔を上げる。

「……え？」

　翼は何も答えなかった。いきなりつま先の向きをかえて、

「翼、どこ行くの？」

「寄り道」

じりじりと焦げつくような坂道を、彼はひとり海の方へと下っていく。

台所からじゅわじゅわと油の弾ける音がきこえていた。

ただでさえ猛暑猛暑と騒がれているこの頃だ、揚げ物をしている台所なんてもう煮立ったように熱気がこもっていて、萌香は制服の第二ボタンのあたりをつまんでパタパタしながら珠のれんをかきわけた。

「ただいま、グランマ。何してるの」

「おかえり、萌香。今おやつを作っているのよ。おとなりからパンの耳をいただいたので」

ほほえむ祖母は、白い割烹着を着こみ、コンロの前で柄の赤い菜箸をたくみにあやつっている。てんぷら鍋の中ではたくさんのパンの耳が泳いでいた。

「パン耳かりんとう?」

「そうよ。どうしてかしらね、わたしはうんと暑い日にこれを食べたくなるのよ」

ほくほく顔で祖母はパンの耳をひょいと一本拾い上げる。首にかけたタオルを肌に押し当てながら、菜箸の先を右に左に傾けて、揚がり具合を確認。

「うん。いいでしょう」

合格が出ると、次々と油からあげていき、少し熱を落ち着かせたところで砂糖ときなこを広げたバットの上で転がしていく。

たちまち広がるあまい香りは、懐かしい気持ちを呼び起こすスイッチだ。このパン耳かりんとうは、萌香にとっておふくろの味ならぬ祖母の味。ここに遊びに来るたびに食べていた、思い出深いお菓子なのだ。

「……今日はあまり喜ばないのね」

きなこが絡められるのをぼんやり眺めていると、ふいに祖母がささやいた。

「え？」

「いつものあなたなら飛びあがって喜んでいるところですよ。そして二言目には翼くんにもお裾分けしなきゃと、やさしいことを言うの。喧嘩でもしたの？」

「あー……うん、ちょっと……」

一瞬でバレてしまった。情けない気持ちで苦笑いすると、祖母はあたりの空気をくすぐるように笑って、

「いくつになっても喧嘩するのね、あなたたちは」

「うん。お互い遠慮しないからかな……」

「そうね。それはとても素敵なことだわ」

魔法のステッキのように菜箸を振りあげ、祖母はお気に入りの日本語で萌香の泣き言を封印してしまった。

祖母はたいていのことについて萌香の味方であり、翼の味方で、喧嘩のときにはどちらの味方でもなくなる。小さいころのように喧嘩の原因を探ることも、仲直りを勧めることも、もうしない。そんな歳ではないことを、祖母も、自分たちも、分かっている。

萌香はのど元に押し戻されたもやもやした感情をため息でうすめ、バットの端に転がっていたパン耳を一本つまみ食いした。

じんわりとあまい。潰れた心が少しふっくらしてくる。

萌香は深呼吸した。

「……ねえグランマ、占いできなくなったって本当?」

きなこの上をくるくると躍りまわっていた菜箸が動きを止め、祖母がゆっくりとこちらに顔を向けた。近頃ずいぶん重たげに見えるようになった瞼が、幕があがるように大きく開かれていく。

「それは翼くんにきいたの?」

「うん。でも嘘だよね、グランマ」

あからさまな確認をすると、祖母は見開いていた目を細め、再び菜箸の先に視線を落とした。

「嘘ではないわ。わたしが銀盤をのぞいても、《王族たち》は応えてくれないの」

「どうして?」

「歳のせいですよ」

笑い皺を深くして祖母は答える。

「わたしもおばから話はきいていたのよ。歳をとるにつれて身体が衰えるのと同じように、占いもうまくできなくなるって。そのとおりだった。ここ数年見え方が不安定だったの。今年に入ってから特にそう感じていて……だから先月国に帰ったんです。姪に自分の体験を伝えるために。それから、昔『妖精の悪戯』に遭ったところに行って、お礼も言いました。お世話になりましたと。……すっかり話しそびれていたわね。とても楽しい旅行だったものだから、つい」

「でも、お客さん何人も来てたよね⁉」

「ええ。お客さまには先にお断りを入れて、理解してくださった方だけお受けしているの。占いをすることはできなくても、悩みをうかがって、一緒に考えることはできますからね」

萌香は、ゆるゆると肩を下げた。

翼の嘘を証明するための手札は、あっという間に尽きてしまった。

今日はもう心が疲れてしまっていて、追いすがる言葉も浮かばない。

「何か相談事のある人がいるの？」

作業の手を止めないまま祖母が言い、萌香は小さくうなずいた。

「……うん。友だちのお母さんが病気で、治療費に困ってるみたいで。何か、助けになることないかなって……」

「そう。あなたらしいわね。あなたが占いを頼りにするのはいつも誰かのため。でも今回は手助けできそうにないわ。とても残念なことだけれど」

「ぜんぜんできないの？　三回に一回とか、五回に一回とか、成功するんじゃない？」

「確率はゼロではないかもしれない。でも深刻な悩みを持つ人を前にして運任せの仕事はできないわ。それはとても美しくないこと」

プロの矜持だ。萌香は自分の考えの浅さを恥ずかしく思う。

祖母の中で、占いを卒業することはすでに完全に受け入れられていること。その決断を覆すことは冒瀆であるような気がする。

にぎやかだったてんぷら鍋がいつしか静かになっていた。

そっと祖母に近づき、萌香はつぶやく。

「……なんかさびしいな」

「そうねえ。でも特別なことではないわ。誰でも勤めを終えるときがくる。病気や事故で突然取りあげられるよりは、ずっと幸せなお別れですよ」

「うん……」

言葉にならない感情をやりとりするように短いハグをし、萌香は一度着替えのために部屋に向かった。

右足から順に靴下を引き抜き、丈長のTシャツを頭からかぶり、冷感素材のレギンスに脚を通す。いつもと同じものを同じように着ているのに、やけに静かな気持ちである。

ふと、チェストの上に投げっぱなしになっていた自由研究の冊子が目に留まった。

立派に仕上がりすぎて「絶対大人がやったって思われる」と翼が真剣に心配していたことを、なぜか急に思い出して笑ってしまった。

少し心が軽くなる。笑うって大事だ。

居間に移って、萌香は改めて蘭のことを祖母に話した。

ちゃぶ台の上にはパン耳かりんとうと冷たい麦茶。優雅なティータイムのようだが、もちろん楽しめる心境ではない。

「お気の毒なことね」

事情を知った祖母は、祈るように瞼をおろした。

「でも今はがんも治せる時代です。早期で見つかったのなら悲観することはないわ」

「うん……でもそれ、ちゃんと治療を受けることが前提でしょ？　お金がなくて治療が受けられないとか、悲しすぎるよ」

おやつを口にくわえる直前で、萌香はため息をついた。

「萌香はお金があればお友だちが助けられると思っているの？」

「ううん。――あー、違うかな。お金があれば助かるのは間違いないと思うよ。でもお金を手に入れるのに占いを使うのは正しくないと思う」

占いは——こと祖母がやる占いは、欲ばりな人間に対してとても冷淡だ。

失ったものを取り戻したり、足りないものを補う占いには《王族たち》も喜んで応えるけれど、必要以上のものをよけいに望めば《王族たち》は呼びかけに応じることすらしなくなる。

楽してお金を稼ぎたいだなんて、それこそ《王族たち》がもっとも嫌いそうなこと。

馬券や宝くじを当てるために占いを使うのは、正しいことではないと思う。

そう言うと、祖母はグラスに手を添えてゆっくりとうなずいた。

「ええ、そうね。正しい考えですよ。——それで？　それを分かったうえで、あなたはわたしにどんな占いを頼みたかったの？」

「うん……と、気持ちを楽にする方法とか、希望を見いだす方法とか、探してもらえないかなって思った。翼は気に入らなかったみたいだけど」

あの渋面(じゅうめん)を思い出したら少し不満で、萌香はぱりっと勢いよくかりんとうをかじった。

翼の不機嫌は萌香のいたらなさによるところが大きいけれど、彼がまともに話をきいてくれなかった点は萌香も納得できていない。

だいたい、今日の翼はイライラしすぎだった。

「翼くんは占いに関してこだわりが強いものね」

「ほんとだよ。変なこだわり。やってみろとかやめろとか……」

言いさして、途中でやめた。やってみろはともかく、やめろと言ったのは萌香のためだ。否定してはいけない。

「……萌香。占いが必要なら、あなたがやってみてはどう？」

前触れもなく祖母が言い、食べかけていたパンの欠片がこぼれ落ちた。口元にくずがついたのもそのままに、萌香は震えあがるように首を振る。

「無理だよ。わたし『妖精の悪戯』に遭ってない。大切な占いはしちゃダメだよ」

猫探しも金庫の番号も適当にやったつもりはないけれど、どちらも「ダメで元々」の大前提があった。でも今回は違う。絶対的に違う。

必死で訴える萌香のことを、祖母の灰色の瞳がひとときは見つめる。

なにか、見極めをするようなまなざしだった。萌香の中に何を探しているのか、見当もつかなくてドキドキする。

やがて祖母は瞼を伏せ、口元の皺をゆるやかに動かした。

「わたしはあなたの謙虚さを誇りに思いますよ。でもそろそろ知るべきね。あなたはとっくに遭っている。『妖精の悪戯』に」

「――え？」

「とても昔のことだけれど、わたしはよく覚えていますよ。あなたが小学校に上がる前……そうね、今日みたいにとても蒸し暑い日。あなたはここに遊びに来ている間、ほんの数時間だけ行方不明になった」

まさに占い師が見えない何かを読み解くように祖母は言う。

萌香にはまったく心当たりのない話だった。まるで他人の靴を履いているかのようだ。違和感しかない。

でも、祖母はそうではない。

「あなたがわがままを言ったのよ。前の日の夜に熱を出して、愛さんが寝ていなさいって言うのに遊びに行くんだって言い張って。少し目を離した隙にお布団から抜け出して、姿を消してしまった」

「……それ、お母さんに黙って遊びに行ったってだけでしょう？　神隠しじゃない……」

「いいえ。あなたはあのとき確かに消えたの。安浪神社の石段をのぼりきるまではちゃんといて、でも、神社の中をいくら探しても見つからなかった」

見ていたように祖母は語る。実際、見ていたのかもしれない。

萌香はちゃぶ台の木目をなぞりながら安浪神社のことを思い浮かべる。

坂をのぼった先にある、緑ゆたかで静かな神社だ。海の神さまをまつっていて、参拝者は船乗りやサーファー、地元住民がほとんどだ。萌香も受験の前日に白い息を吐きながらお参りに行った。固有のいわれはあるにしても、それまでに行ったことのあるいくつもの神社と大差のない、ありふれた神社だと思っていた。

そこで――『妖精の悪戯』に遭った？

もう一度記憶をたどってから、ゆるく首を振る。

「……ぜんぜん覚えてない……」

「そうでしょう。わたしも自分が『妖精の悪戯』に遭ったときのことは覚えていないわ。でもあなたが銀盤をのぞいたら《王族たち》が応えてくれる。それがすべてを証明していますよ」

祖母の視線に促(うなが)され、萌香は皿立ての上で鈍い輝きを放つ銀盤に目を向けた。

いくら似たようなものを探そうとしても見つからない、祖母の占い。はっきりと説明されたわけではないけれど、それが、祖母のおば、祖母、姪……と、一世代にひとり――しかも女性にだけ受け継がれていることを、萌香はなんとなく理解していた。自分と同世代の誰かがイギリスで『妖精の悪戯』に遭っているのかなと、想像したこともある。

一方で、萌香が銀盤の前で呼べば《王族たち》が応える。それはすでに当たり前のことになっている。ブランクがあっても《王族たち》は応えてくれて、遠回りでもきちんと答えを授けてくれる。

認めきれずにいたけれど、頭では分かっている。

自分がイレギュラーだと決めつけることの方が、実は不自然だと。

「なんで、言ってくれなかったの」

萌香はたずねた。昔からくり返し『妖精の悪戯』の話をきいてきたけれど、その主人公はいつだって祖母で、萌香は登場人物に含まれていなかった。

「言えなかったのよ。いろいろな事情があって。それに、あなたもよく知っているはずです。占いができるということは、必ずしも幸福なことだとはかぎらない」

ずきりと古傷が痛んだ。折にふれて痛みだす深い傷だ。

萌香はゆっくりとお茶を飲む横顔におそるおそるきいてみる。

「……グランマも、占いをやっていやなことがあった？」

「ええ。お墨付きをもらってただただ幸福であったなら、わたしは日本へ来ていません。もっとも、日本に来たからあなたに会えたのだと思えば、お墨付きをもらったことはわたしの人生最大の幸福でもあるのだけど。たいていのことがそうであるように、わたしにとって幸福であったことがあなたにとってもそうであるとは言えない」

祖母は萌香の目を見つめて説いた。

いつもどおりの祖母だ。やさしく、おだやかで、激しく感情を揺らがせることがない。でも、萌香はこの人の人生を多くは知らない。ひょっとしたら、萌香の古傷などかすり傷にしか思えないような、大きな苦しみを背負ってきたのかもしれない。

「萌香」

祖母の手が髪に触れる。これまで幾度となく萌香を慰め、導き、慈しんできた手だ。

「お墨付きが必要だと考えているなら、あなたはもうもらっていますよ。でもわたしはあなたに占いを覚えなさいとは言わない。後世に残しなさいとも言いません。ただ、あなたが必要だと思うときにやればいいと思っている」

また魔法の言葉が紡がれる。

「今はどう？　あなたにとって占いが必要なときかしら」

うすいベールが降ってくるように、街から太陽の光が遠ざかる。

午後七時すぎの安浪神社はとても静かで、ときおり風に乗ってどこかの家の夕飯のにおいがしてくる。

焼き魚にカレー。煮物。萌香は鼻を利かせながら鳥居に続く石段をあがり、のぼりきったところで振り返った。

長く伸びる坂道。明かりのつき始めた家々。昼間はあれほど輝いてみえる海は、眠ったようにひっそりしている。

始まりはここだった――。

感慨深くあたりを見渡してみたが、今までがずっとそうであったように、特別なものは湧いてこなかった。思うとしたら、こんな和の空間で妖精に悪戯されるのか——という味気ないツッコミくらいだけれど、あれが詩的な名付けにすぎないこともそろそろ理解している。

まったく記憶にないけれど、やはり自分はここで『妖精の悪戯』に遭ったのだ。

萌香は石の鳥居に手を添え、海を臨み、身体の奥深くに行き渡るように丁寧に呼吸しながら、今日という日を思い返した。

蘭が助けを求めていた。とても切実に。

蘭の母親は、治療をためらえば確実に命を削る病気を患っている。ほうっておけない。

直接的にお金に関わることは協力できない。

でも、何か助けになるものは見つけられるかも。

祖母の力は借りられないから、やるとしたら自分だ。

お墨付きも得ていると分かった。

占いが必要なときだということも分かっている。

ここ何回かやってみて、遠回りながらも当たっている。やってみればいい。そう思う。

でも、怖い。

二年前に投げつけられた言葉たちは今も心にべったりと貼りついていて、萌香の足を引っぱる。まして中学のときとは比べ物にならないくらい深刻な問題だ、失敗したら信頼をなくすだけではすまないだろう。

この期に及んで迷いを捨てられない。なんてダメなキリンなのか。

「――なあ」

足元から声がした。いつの間に来たのだろう。翼だ。石段の下からこちらを見上げている。まだ制服を着たままで、目が合ったと思ったときには石段を駆けあがってくる。

さっきのあれで気まずいとか、思わないいんだろうか。彼は本日二度目の猛ダッシュで萌香の目の前に立つ。

そして汗だく。息切れ。これも本日二度目。

「なにやってんの」

第一声に少し非難めいた響きがあって、萌香は怯んだ。

「あ……えと、ちょっと、考えごと」

「スマホは」

「え？　置いてきたよ？」

「なんだよ……」

まるで支えを失ったようにその場にしゃがみこんで、翼は身体ごと潰れてしまいそうな特大のため息をついた。顔を洗うように手のひらを押しつけて、なんだかよく分からないが、ひとまず怒ってはいないようだ。

「えと……なんか用事だったの？」

「べつに」

返事はツンとしている。怒ってないけど機嫌は直っていないのか。もてあまし気味に「そう」と返事をすると、翼は本格的にその場に座りこんでしまった。立てた膝の上で顔を伏せ、もう一度深く息をつく。長い吐息だった。

「焦った……ぼーっと突っ立ってるから、そのまま消えるかと思った」

「えぇえ？　なにそれ、そんなわけないじゃん……」

笑ってしまってから、萌香は翼の言ったことが冗談ではないことに気がついた。タイムリーな話題なのだ。聞き流せないし、踏みこまずにはいられない。

「もしかして翼も知ってた？　わたしがここで行方不明になったの」

翼が俊敏な野生動物みたいに顔を上げる。

「やっと思い出したか」

「ううん。グランマにきいただけ。覚えてない。でも、やっぱり翼も知ってたんだ」

「……ああ、まあ」

翼の目がそろりと逃げた。歯切れの悪い返事のあとで、彼は鞄の中からサッカー日本代表の公式タオルを引き出し、顔や首の周りを荒っぽく拭き始める。

萌香もその場に座りこみ、抱えこんだ両膝に頬をつけてじっと翼の横顔を観察した。

不機嫌のレベルは少し下がったようだ。見れば分かる。

「ねえ、なんでみんな秘密にしてるの？　わたしひとりのけ者みたいじゃん」

「のけ者」

なぜかそのワードにふきだして、違うって、と翼はタオルを放して手を振った。

「気をつかってんだよ。ばあちゃんも、萌香んちの親も。子どものしたことだからーとか、大人が見てなきゃいけなかったんだーって言ってさ。俺に気をつかって言わなかっただけ」

「なんで翼に気をつかうの？」

「ああ、ばあちゃん肝心なとこ言ってないのか。相変わらずだなあ」

ハハ、と翼は短く笑った。かと思うと急に真顔になるからどきりとする。

「あのとき萌香を連れ出したの、俺」

「……へ？」

「ここで祭りやってたんだよ」

翼が頭上に覆い繁る木々と鳥居を仰ぐ。

「うちは家族で先に行ってて、俺、戦隊モノのお面買ってもらって、ばあちゃんに見せに行ったの。そしたら萌香が自分も行きたいって言い出して、ダメって言われて大泣きし始めても一収拾つかなくなって、大人が酒飲み始めた隙にこっそり二人で抜け出した」

ぬるい風が足元を駆け抜けていき、頭上の木々がざわざわと鳴った。

翼の言うことは何ひとつ覚えていない。覚えていないが、なぜかリアルに想像できる。泣きわめいて困らせる自分。仏頂面しながらも手を貸す小さな翼。

「ご、ごめん……なんかごめん……わたしひどい……」

「ほんとだよ。あれ完全に恐怖体験だからな」

ぷりぷりしながら翼は語った。

小さい二人は大人にばれないように息をひそめて外に出て、たくさんの人でごった返す坂道を、手をつないで駆けあがった。いつもは真っ暗な石段に赤い提灯が下がっていて、ひとつずつ数えながらのぼっていって、鳥居をくぐるまでは確かに手をつないでいた。でも鳥居を抜けたとたんに手の中が空っぽになって、振り返ったら萌香がいない。呼んでも返事をしない。急いで大人に知らせたらみんな仰天して、必死で探し回ったのに見つからない。やがて祭りの灯も消えて、いよいよ警察に届けるかという話になったとき、萌香は鳥居の横にぼうっと立っているところを発見され、泣きながら抱きしめてくる母親に「もう眠たい」とのんきに欠伸をしてみせた――。

まるで昨日の出来事のように翼は語った。萌香にとっては新作映画のあらすじをきかされるような感覚だ。どれだけきいても、やっぱり記憶に残っていない。

でも、納得はできる。しつけには厳しい両親である。萌香がひとりで抜け出しただけなら、その後あらゆる場面でその出来事を持ちだして萌香を戒めただろう。伏せてきたのはひとえに翼のため。子ども心を傷つけないためだ。

　申し訳ない気持ちでいっぱいになる。翼に対しても、大人たちに対しても。

「でもなんで翼まで黙ってるの？　言えばいいのに」

「言うひまなかった」

「それは嘘。少なくとも十年チャンスある――」

と、そのとき今まで考えもしなかったことに気づいて、萌香は口に手を当てた。

　あれだけ毎年祖母の家を訪れていたのに、そういえば小六の夏休みより前に翼と会った記憶がない。となりに同い年の男の子がいるということは知っていたし、翼の両親や兄とは、あいさつくらいはしていたのに。翼のことだけが切り取られたように存在感がない。今思うと信じられないくらいに。

　なんで？　どうして？

　鞄からお茶を取り出して飲み始めた翼のことを、じっと見る。

「……翼、もしかしてわたしのことずっと避けてた？」

　大きく傾けていたペットボトルを急におろして、翼は変な顔をした。

「語弊（ごへい）がある。あれは気づかいだ」

「やっぱり、気にしてたんだ？　馬鹿じゃん。言ってよ。誰も翼のこと責めてないでしょ」

「いや責めるって。チビでも自分がしでかしたことくらい分かる。親が泣いてあやまるのとか、見たことないだろ」

そこで、しゃべりすぎたと思ったのかもしれない。翼は急に坂道の方を向き、残ったお茶をいっきにあおった。空のペットボトルにきつくふたをして、「捨てよ」とつぶやいて、何事もなかったかのように石段をおり始める。

恐怖体験だなんて茶化しておいて、本当はひどく傷ついているくせに。

萌香も遅れて立ちあがり、急いであとを追った。

「ごめん翼……わがまま言ってごめん。気つかわせてごめん」

「いつの詫びだよ。べつに、そんな深刻に悩んでないって。ばあちゃんが『妖精の悪戯』は特別な出会いの始まりだ——みたいなこと言ってたし。当の本人はまじで無自覚なまま覚醒するし」

「でも、翼が占いにこだわってたのってそういうことでしょ」

「あー、そうそう。俺のエゴ。萌香が占いで成功すれば全部チャラになるかなーって。悪かったよ、押しつけて」

「違うじゃん！」

急にタオルを振りながら言い始めた翼を、萌香は全力で否定した。

「わたしの可能性信じてたってことでしょ」

先に下までおりきった翼が、急ブレーキをかけたように立ち止まる。びっくりした顔をして、そして、崩れるように少しだけ笑う。

「その解釈めでたすぎじゃ？」

「正しいよ。絶対正しい。自信ある」

萌香は断言する。

だって知っているのだ。

翼は、筋金入りのあまのじゃく。

言うことよりもやっていることの方があてになる。

今までどれほど助けられてきたか。本人がはぐらかしても、忘れていても、なかったことにしたとしても、萌香は全部覚えている。

もうとっくに閉まっている駄菓子屋『やすゑ』の自販機の横。

ゴミ箱にあいた丸い口に空のペットボトルが放りこまれた。

タオルを鞄に押しこんで、軽く手を打ち払って、翼はおもむろに背筋を伸ばす。

「今日ごめん。口悪かった」

「……わたしもごめん。なんかいろいろ、ダメだった。……元からだけど」

自販機の灯り（あか）に照らされ、半分だけ明るい顔が同じタイミングで同じようにくしゃりとなる。ここまで含めてやっと祖母の言う「素敵な喧嘩」が完成することを、萌香も翼も知っている。

「小辻のことどうすんの」

家へと続く坂道をゆっくり下りながら、改めて翼はきいてきた。

「わたしがやる」

萌香は少し息を詰めたあとでそう答えた。

お墨付きがどうであれ、自信がないのは同じだ。

失敗は怖い。友だちを失くすのも怖い。

でも、誰かが信じてくれた可能性を、自分で潰したくはない。

「できんの？」

「うまくできるかは分かんない。でもやってはずしたら気まずいけど、何もしないでいるのも気まずいんだよ。どうせ気まずいなら、やってみる。どれだけ役に立つか分かんないけど、力になりたいって気持ちは最初から持ってる」

「いいんじゃないの」

あっさりと翼は言った。あまりにあっさりしすぎて、萌香は少し抵抗したくなる。

「こないだ占いやめろって言ったの誰ー？」

「俺ですねー。でもそれは、萌香がずっとやりたくなさそうだったからであって、やりたいならむしろいいぞもっとやれ。あと助手代くれるなら手伝う」

「ちゃっかりしてる！」

「それぐらい気楽にやればいいって話だよ。最悪はずして中学の二の舞になっても、もうぼっちにはなんないだろ。あ――うん」

最後を変に誤魔化して、翼は鞄をぶんと回して肩にかついだ。

萌香はあえて消えた言葉の行方を追及せずに前を向く。

言いたいことは分かっているのだ。

たとえひどい失敗をして友だちがみんな離れていっても、今は翼がいる。

それは少々くすぐったいことであり、このうえなく心強いことである。

日曜日の朝十時、蘭たちと駅で待ち合わせた。

やれジャンボステーキ食べたいだの串カツ食べ放題の方がいいだのと助手代の交渉をしながらやってきた萌香と翼に対して、蘭と厚士は門番みたいに直立して待っていて、

「今日はありがとう。よろしくお願いします」

と、いきなり二人そろって腰を折り曲げるからびっくりした。

「お店予約しといたんだけど、いいかな」

厚士がそう言うので、合流してすぐに駅裏の通りにあるカラオケボックスに移動した。

そこなら完全個室で、周りの目や耳が気にならないだろうと彼は考えたようだ。

「すげー。予約するとか、マメ」

「だね。ありがたいね」

翼としみじみ言い合っていたら、今度は蘭と厚士の方が驚いた。先日のかたくなな態度を見ていたら当然だろうけど、厚士がとぼけた顔で「ふつうにしゃべってもらえてる……うれしいなあ」と感動し始めるからおかしかった。

この人も、今までは表面しか見えていなかったから厄介な人としか思えなかったけれど、よけいなものを取り払ってしまえば、残るのはあんがいただの常識人なのかもしれない。

「じゃあ、どうしようか。僕は席をはずしてた方がいいかな」

「えーと……いえ、いてください」

案内された部屋に入り、おのおの荷物をおろしたあと、萌香は蘭の様子を見てから答えた。彼女が目に見えて緊張していることに、合流したときから気づいている。

「蘭ちゃん」

室温を調整したりBGMの音量を落としたり、リモコンやマイクを端に寄せたり、占いの道具を出したり。翼や厚士がてきぱきと下準備する間に、萌香は一度蘭のとなりに腰かけた。どうしてか小さい子に声をかけるような気分になった。そうさせるような顔を、彼女はしていたのだ。こちらを見返す彼女の視線は糸のように頼りない。

「蘭ちゃん、わたし今日占いしに来た。でも先に言っとく。馬券とか、宝くじとか、そういうのを当てるのはできない。そういうルールだし、わたしの感覚で考えても、ダメだって思った。だからごめん。お金を稼ぐ協力はできない。でも蘭ちゃんの力になりたいから、占いはやらせてもらおうと思った。正解とか分かんないけど、ちっちゃいことでも、何か助けになることが見つかったらいいなと思う。それでもいいかな」

百点満点中五十点くらいのつたなさで、萌香は自分の考えを伝えた。これでもゆうべ一生懸命考えたのだが、いまいちまとまっていない。

でも、蘭はうなずいてくれた。内心では期待はずれと思われているかもしれないけど、彼女は「ありがとう」と言ってくれた。

「でね、蘭ちゃんに一個だけお願いがあるんだ」

「……うん。秘密なら守るよ。うち、占いのことは誰にも言わない」

慎重に返事をする蘭に、萌香は力強くうなずいた。頼む前からそう言ってもらえるのはありがたい。でも、お願いしたいのはそんなことではない。

あのね、と、手探りするように切り出す。

「わたし、中二のときに友だちに占いやって大失敗して、友だち全員なくしたんだ」

翼が勢いよく振り向いた。こんなタイミングで暴露するとは思わなかったのだろう。

蘭も厚士も、いきなりのことで面食らっている。

でも、今でなくてはいけない。

真剣に向き合いたいから。

嘘も、誤魔化しも、隠しごとも、あってはいけないと思う。

逃げるな。自分に言い聞かせて、膝の上で両手を握りしめる。

「恋占いやったの。友だちが、部活の先輩のこと好きで、告白したいって言ってて。成功するかどうか占って——告白しない方がいいって出た。わたしはそのまま伝えて、でもその子は告白して……成功したんだよね。占いは大はずれ。それでわたし——嘘つきって言われた」

今でもはっきりと覚えている。その日の朝まで「おはよー」とふつうにあいさつしていた声が、異常な鋭さを持って耳に刺さった。

「ほんとはその先輩のこと狙ってたんじゃないかとか、足引っぱりたかったんじゃないかとか、いろいろ疑われて、次の日からみんな敵みたいになってた。卒業するまでずっと」

そこで一度言葉を切り、意識して深く呼吸をする。

心はぐらぐら揺れているが、思ったよりは落ち着いている。あれから時間がたったせいか、それとも蘭が真正面からきいてくれるからか。ひょっとしたら、全部を知っていてなおかわらないでいてくれた、翼がそばにいるからかもしれない。

ごめん、と、萌香は頭を下げた。

「高校でも同じことになるのがいやで占いのことは黙ってた。それは今、この瞬間も同じで、わたしほんと、臆病者のダメ人間で。だからね」

萌香は一度深呼吸した。

「占いがとんでもなく大はずれでも、友だちでいてくれる？」

「——当たり前じゃん！」

食らいつくように蘭は言った。

そして彼女は少しの間黙って、言葉を探すように視線をめぐらせて、やがて決心したように顔を上げて、

「モカちん。今日、来てくれてありがとう。本当に、ありがとう」

なんだか泣きそうな目をして、そんなことを言った。


助手がはりきっていたのですぐに準備が終わって、やや照明の暗いカラオケルームに即席の占いブースが出来上がった。萌香の向かいに蘭が座り、そのとなりで厚士が膝の上でこぶしを握る。翼はメモを取るため少し離れたところに落ち着いた。

「うち、何かすることあるの？」

そわそわする蘭に、「大丈夫」と笑いかける。

「何もないよ。しいて言うなら、当たるように祈っててほしいかな」

「……頼りないなー」

翼がぼそっとつぶやいたが、遠回りな占いを謙虚に行うのが萌香スタイルだ。もう受け入れているし、翼だってとっくに分かっている。

「じゃあ、やってみるね」

すっかり支度を整えたあと、萌香は蘭と厚士に笑いかけた。

「少し時間をかけようと思うんだ。その間、長く黙っちゃってても気にしないで。反対になにかブツブツ言ってても、あんまり気にしないでね」

「メモはしとく」

翼がペンを握りしめる。ペンはともかく、ノートは助手用として新しく準備したらしい。ふだん学校で使っているルーズリーフよりも小さい、Ａ５判のリングノートを広げている。

本当に、頼もしい人である。

「よろしくお願いします」

厚士が行儀よく頭を下げるのに、蘭が慌てて続く。萌香はうなずき、水を注いだ銀盤の底に目を落とした。

この繊細な問題をどう占ったらいいかは、事前に祖母に相談した。

お金にまつわる問題だけれど、儲（もう）けることが目的ではない。むしろ不安をとりのぞいて病気に立ち向かう気持ちを作っていく方が大切だから、複合的な占いの方がいいとアドバイスをもらっている。

助けになってくれる人はいないか。金銭的な障害を乗り越える方法はないか。蘭と母親がこの苦難に打ち勝つことができるか。いろんな《王族たち》にたずねれば、精度の高い占いができるはず、と祖母は勧めたのだ。

そして、忠告も受けた。

『病気の人に対しては健康運だけは絶対に占ってはいけませんよ。いい結果が出ても、悪い結果が出ても、ためにならないから』

病気にはありのまま向き合うべきで、楽観的にも、悲観的にもなってはいけない。言われなければやってしまいそうなことだったから、先に釘をさしてもらえてよかったと思う。

呼吸を整え、銀盤をのぞきこむ。

まず占うのは「助けになってくれる人はいないか」ということ。教えてくれるとしたらおなじみの《糸繰り王子》だ。祖母いわく夢の中まで会いに来るくらい萌香のことが好きらしいから、難しくはないはず。

案の定、かぼちゃパンツの王子さまは呼びかけに応じてあっさり姿を見せてくれた。銀盤の底に映し出された真っ暗な空間の中、無数に張り巡らされた糸で、ゴム跳びするみたいに遊んでいる。

――元気だねえ。

思わず嫌味っぽいことを言ってしまった。人のご縁をあらわした糸で遊ぶなんて、自由というか、不謹慎というか。気が抜けてしまう。

——ねえ、蘭ちゃんが困ってるの。助けてくれる人、いないかな？

気を取り直してたずねると、振り向いた《糸繰り王子》がかわいらしく首をかしげた。

「どういうこと？」とでも言いたげな、無邪気な疑問の表情だ。幼い子どもには分かりにくい質問だったのかもしれない。彼は見た目どおりの小さな男の子だ。

——たとえば蘭ちゃんのお母さんの治療費を援助してくれる人とか、お金の問題を解決する手助けをしてくれる人とか。誰かいないかな？

言葉を足して問い直す。

すると、《糸繰り王子》は「ああ！」という顔をして、テーマパークの着ぐるみみたいにぶんぶんと首を縦に振った。

（ハサミさえ構えてなければすっごくかわいい……）

ほんわかしていると、彼はその場にしゃがみ、たくさんの糸の中から一本を選んで拾いあげた。ひどく細くて頼りない糸だ。でも、彼はそれを伝うようにしてトコトコと歩き出す。その先に、蘭の救世主か、あるいはその人につながるヒントがあるのかもしれない。

ぴかっと、《糸繰り王子》の笑顔がひときわ輝いた。糸の先に誰かいる。彼がうれしそうに手招きすると、その人はゆっくりとした動きで振り向いた。

——来た。

「おじいさんが見える」

つぶやくと、すぐに翼が反応した。

「じいさん？　誰」

「分かんない。赤い帽子かぶって、赤い服着てる」

「え、なに、サンタクロース？」

翼の困惑の声を受け、萌香は銀盤の中の人に目を凝らしながらゆるく首を振った。

「髪は真っ白だけど、日本人だよ。あんまり顔に特徴ない」

表情らしい表情がないからよけいにそう思えた。なんだか証明写真みたいなのだ。

——その人がどうやって蘭ちゃんのこと助けてくれるの？

再び銀盤に向かってたずねると、振り返った《糸繰り王子》はぽかんとした。

そうだ。そこまでくると彼の守備範囲外だ。

——ありがとう。大事な情報だったよ。

お礼を言って終わらせようとしたところで、彼は何かを探すようにきょろきょろし始めた。かと思うと、急に小さな人差し指があさっての方に伸ばされる。なんだろう。目を凝らすようにそちらに意識を向けると、遠くに金色のきらめきが確認できる。

——あれ、なに？

たずねたものの、《糸繰り王子》は満足げににっこりして、手を振りながら走り去ってしまった。五時の鐘と同時に家に向かって駆けだす小学生みたいだ。

仕方なく、彼が指し示した方角に注意を向ける。そうすると、カメラが距離を詰めるように少しずつはっきり見えてくる。

金色の山。そこにしなだれかかる女神のような人。《揺らぎの王女》だ。

呼びかける前から《王族たち》が姿を見せるなんてめずらしい。率先して協力してくれるということだろうか。

意図をはかりかねて観察していると、彼女はこちらに意味ありげな視線をよこした。かといってそれ以上のアクションを起こすわけではないし、姿を消すわけでもない。なんだか焦らされているような気分になる。

――何か知ってるの？

慎重にたずねると、彼女はまるできこえなかったかのように手元に目を落とした。

その手にあるのは――

「……鏡？」

「鏡？　どんな？」

「長方形で、上向きにふたが開いてる。……でもなんか違うような気もする」

こちらからは裏側しか見えていないから、断定できない。

──ねえ、それなに？

踏みこんでみるも、《揺らぎの王女》は手に持ったそれをさっと後ろ手に隠してしまった。まるで「教えなーい」と言わんばかりだ。この王女さま、本当に面倒くさい。

（いいよ、そっちがその気なら）

萌香は深呼吸で気持ちを仕切り直した。金貨の山から意識を遠ざけ、次に思い浮かべるのは冷たい横顔の美しい人。

──《夜の女王》、教えて。

呼びかけると同時に銀盤の底がぐにゃりと歪み、紺色と紫が渦を巻いた。

ほどなくして厳しい目がこちらを見る。思わず背筋が伸びた。でも、怖くはない。この女王はきちんとした態度で臨めば正しい答えをくれる。

萌香は《夜の女王》をしかと見つめた。

──《揺らぎの王女》が持ってたものが何か知りたいんです。どこにありますか？

たずねるなり《夜の女王》は思案げに目を細め、華奢な指先を袖の下へと忍ばせた。

ひらり、手品のように何かを取り出す。

「あ、モンステラ」

「モン……？　なにそれ」

「大きい葉っぱ！　あ──リスにかわった」

「え、リス？　待った、それどっちもリアルなやつ？」

「リスは違う。モンステラは微妙」

リスは赤い蝶ネクタイをしている。これは動物ではない。キャラクターとしてのリスだ。

モンステラの方はリアルな質感に見えたけれど、今どきはフェイクグリーンも精巧だ。

手に取れるわけでもないので、よほど細かいところまで観察しないと見分けられない。

——モンステラをもう一回見せて。

頼んでみるも、《夜の女王》ははばさりとマントをひるがえし、背中を向けてしまった。

チャンスは二度は与えないということらしい。こちらはこちらで難しい人だった。

銀盤の底がぐにゃりと歪んだ。

あっと思ったときにはすべてが消え、銀盤は元の平らな底に戻っていた。

萌香は肩から力を抜いた。

もう少し情報を掴みたかったが、半ば強制的に終了されてしまった。動画の再生中にスマホの充電が切れるような容赦のなさだ。悔しい。

「粘ったな」

「うん……でも全部つかみどころがないっていうか」

天井のスピーカーを仰ぎながら「うーん」と唸る。

赤い服のおじいさんに、折りたたみ式の鏡（？）に、モンステラ、リスのキャラクター。

これらがどうつながれば蘭の助けになるんだろう。ぜんぜん想像がつかない。

翼もリングノートを手に取ってメモしたことを見返しているが、要領を得ない顔だ。

「過去最大級に意味が分からない。なんだよ、これ」

「あはは……通常運転、通常運転」

苦笑いしてから、萌香ははっと気づいた。向かい側で蘭と厚士が面食らっている。

「あ、わたしの占いは遠回りだから、これで終わりじゃないよ」

「ここからは分析と推理の時間なんで」

慌てて言い訳すると同時に翼もそう言ってフォローした。

けれど、当の二人はぽかんとしたままだった。そしてお互いに顔を見合って、

「本当に見えてるんだ……」

なんて、今さらなことに感嘆するのだった。


ベースの効いたＢＧＭが降る中で、コーラの炭酸がのどで弾けた。

とりあえず小休憩と、置きっぱなしの飲みものに口をつけたところだ。

翼はオレンジジュースを、蘭はカルピスソーダを飲んでいて、厚士だけがホットの紅茶を飲んでいる。暑いのもしんどいが冷房も苦手というなかなかの苦労人らしい。そういえば彼はここに到着するなり薄手のカーディガンを羽織っていた。

「まずはサンタっぽいじいさんだよな」

半分ほど飲んだグラスを端に押しのけて、翼がテーブルの真ん中の方にノートをつきだしてきた。テーブルが低いのでみんないっせいに前かがみになる。ノートには、じいさん、赤い帽子、赤い服、サンタ――と、罫（けい）線をまたぐ大きな字で書いてある。

「サンタじゃないよ」

萌香はまず指摘した。

「帽子はまるっこい感じだった。服はベストっぽいの」

「え、そうなの？　どっかの保育園の園長先生とかがサンタコスでプレゼント配ってるのイメージしてた」

「ぜんぜん違うよ。ふつうのおじいちゃんがふつうに座ってるだけ」

「でもふつうのじいちゃんが赤い服着るか？　派手じゃん。なんかのユニフォーム？」

サンタの文字をバツ印で消しながら、翼が首をかしげた。萌香も同じように首をひねる。

「なんかああいうの見たことあるような気もするんだけど……。でも、着ているものが何かより、あの人が誰かの方が大事だと思うんだよね。蘭ちゃんのおじいちゃんだったりしないかな？」

援助してくれそうな人といえば、やはり祖父だ。確認のために向かいの蘭に目をやると、彼女よりも先に厚士が応えた。

「こっちの方の祖父は亡くなってるから、たぶん小辻のおじいちゃんじゃないかなあ。確か一回倒れたってきいたけど、退院したんだよね？」

「うん。でもじいちゃんは違うと思う。退院はしたけど、そのまま施設に入ったし。頼れそうならとっくに頼ってる」

「そっか……」

　一瞬空気が沈んだ。施設に入所しなくてはいけないくらいなら、蘭たちの方がむしろ頼られる側だ。

「でもモンステラはおばさんが好きそうだよね」

　厚士の声で顔を上げた蘭が、いつもより幼く見える表情で首をかしげた。

「なんで？　ていうか、モンステラってなに、あっちゃん」

「こう、ぐにゃーって切れこみが入ってる感じの、大きい葉っぱだよ。ハワイアン柄によくあるやつ。おばさん昔フラダンスやってたよね。好きそうだけどな」

「あ──ああ、あれ！　うん。お母さん好きだよ。ていうか、お母さんの持ち物、ほとんどハワイアン柄。うちにもいっぱいある」

「──その中にリスがデザインされてるのとか、ない？」

　萌香は思わず身を乗り出した。が、蘭はすぐに首を振ってそれを否定した。

「ないと思う。ハワイアン柄って、だいたい植物が元になってる。生きものなら海の……

ウミガメとか、イルカとか、そういうのが多い」

「そっか、そうだよね……」

ハワイは海のイメージ。リスは森のイメージだ。合わせると世界観がおかしくなる。ということは、モンステラとリスはべつべつのものを示しているということだ。

翼がペンのお尻をあごに突きたてながら嘆息した。

「結局、モンステラはなんかありそうだけど、じいちゃんとリスはよく分かんないな。それにこの『鏡?』ってやつも。思いっきり疑問形でつぶやいてたけど、どういうこと?」

「ああ、それは遠かったからよく分からなかったんだよ。こう、長方形の、メイクパレットとか、ファンデーションのケースを開いたような形だったけど、それにしてはちょっとうすかった気もしてて……」

両手を使ってふたの開き方を再現しながら、改めて思い出してみる。

厚さで言えば折りたたみミラーの方が近い印象だった。でも《揺らぎの王女》はあれを胸の位置に持っていた。鏡だったら顔の前に構えるだろう。それに、鏡らしきそれは王女の手のひらから左右の端が少しはみ出ていた。つまり横長だ。

鏡単体なら丸いものか正方形、長方形でも縦長に作られているのがふつうだと思う。小さいものならなおさらだ。縦に長い方がぜん顔がよく映るから、それこそメイク道具がセットになっているようなものでもないかぎり、横長である意味はない気がする。

「……うん。やっぱり鏡じゃない。内側をちゃんと確認したわけじゃないから、パッと見のイメージにとらわれちゃダメだと思う。いろんなものの可能性を考えないと」

「じゃあ外側は？　どうなってんの？」

「よく見ようと思ったら隠された」

「あてになんねー」

「それも通常運転だよ」

　開き直ってそう言い返したときだった。

「パスケースとか、名刺入れみたいな感じかな」

　厚士が軽く挙手して言った。この推理大会が楽しくなってきたのか、注目されるといそいそと後ろのポケットを探り、ライトブラウンのパスケースを取り出す。開くと上に交通系のＩＣカードが、下に学生証が、それぞれ横向きに入っている。

　全員の目が、今度は萌香の方に向く。とりあえずうなずいた。

「開き方はまさにそれです。でも、カードサイズだとちょっと小さい感じがします」

「――その縮尺正しいの？」

　すかさず翼が指摘した。風見鶏（かざみどり）の洋館の前例があるからだろう。

「今度は大丈夫だと思う」

　萌香は自信をもって答える。

祖母ほど実績はないが、これでも少しは占いの経験がある。

振り返れば《夜の女王》は、誠実に答えを示してくれるものの、答えそのものではなく暗示するようなものを見せている。猫探しでの風見鶏の洋館や、図書館がその例。

《糸繰り王子》は子どもらしく、答えもその見せ方も素直だ。

そして《揺らぎの王女》はどちらとも違う。直接答えにつながるものは上手に隠しながら、見せていいと思うものはストレートに示す。金庫の番号がまさにそう。分かりやすい形で『3739』を示しながら、本当の番号を読み解けるかどうか、こちらを試した。

ということは、今回も《揺らぎの王女》は露骨に見せていたあれから本当の答えを探し出してみせろと言っているのだ。

「……やっぱりそうだよ。鍵になるのはこういうやつだよ」

なおも両手で上開きのジェスチャーをくり返しながら、みんなで思いつくかぎりのことを並べてみる。

携帯ゲーム機。かぶせ財布。電子辞書。眼鏡ケースにグリーティングカード、ミニサイズのカレンダー。あんがいいろいろと出てくる。だが、厚さという点でどれも違和感があった。王女が持っていたあれはとにかく薄手だったのだ。

「写真……」

蘭がぽつりとつぶやいた。それに、「そっか」と真っ先に反応したのは厚士だ。

「アルバム。一ページに一枚ずつ入れるタイプなら、写真の向きによっては表紙を上向きに開くよ。大きさも近いんじゃない？」

「わ！　蘭ちゃんグッジョブ！」

ふだん写真をプリントすることなんてほとんどないのだけど、萌香もそういえば薄手のアルバムを持っている。

と、盛り上がっていると、蘭が慌てたように手を振った。

「あの、待って、モカちん。違うよ。そういう意味じゃなくて。じいちゃんの写真、見てもらおうかなと思っただけ！」

「おじいちゃんの写真？　今手元にあるの？」

「あ——ううん。家の……アルバムの中。よかったら見に来ない？」

というわけで、一同そろって蘭の家に行ってみることにした。

蘭の家は、外階段がすっかりさび付いた古いアパートの角部屋で、「引くでしょ」と蘭は苦笑いしたが、入ってみるとびっくりするくらい素敵な部屋だった。想像した以上にハワイアンテイストで。

「すげー。カフェっぽい」

「うん。おしゃれ！」

翼と二人でついきょろきょろしてしまった。

玄関マットはブラウン系の二色のモンステラが互い違いにデザインされたもので、ラグは大きなモンステラが大胆に配置されたデザイン。台所のカフェカーテンはパイナップル。スリッパにはウミガメのシルエット。棚の上のクマのぬいぐるみには赤いハイビスカスで作ったレイがかけられている。もはやこの部屋だけで特集が組めそうなくらいハワイアングッズであふれている。

「あ、クッションカバーかわいい。ハワイアンキルトだ」

「それ偽物(にせもの)だよ。本物は高いから、お母さんが百均の布とかでそれっぽいの作ってるだけ」

「それ逆にすごくない？　縫い目とかすごい丁寧だよ。お母さん几帳面(きちょうめん)？」

「うん……まあ、細かいことは細かいよ。あ、適当に座って。アルバム持ってくる」

冬はこたつになりそうなテーブルのそばに、みんなでそろそろと座りこむ。日曜なのに蘭の母親は仕事に出かけているらしい。室内はしんとしていた。正直病気なのに仕事なんかしていて大丈夫なのかなと思ったけれど、本格的な治療が始まるとそれこそ時間が制限されるから、働けるうちに働いておくんだってと厚士は説明した。それも生活のため、蘭のためだと思うと切ない。

「あったよ」

蘭がアルバムを持ってきた。上下二段の、本のように開いて見るアルバムだ。期待した一枚ずつ入れるタイプのものではなかったが、蘭はその点は気にせずぺらぺらとページをめくっていく。

「――あ、今のおじいちゃんじゃない？」

　あっという間に飛ばされた高齢男性の写真に厚士が反応した。が、蘭はかまわなかった。

「べつの写真を見てほしいのね。赤い帽子と赤い服ってきいて思い出して――あ、あった。うちが撮ったやつだからちょっと斜めになってるけど」

　そうしてクリアポケットから取り出された写真には、『祝還暦』の文字の下で、赤い頭巾と赤いちゃんちゃんこで決めた白髪の男性がうつっていた。萌香は思わず「うわああ」と変な声を出してしまった。

「これ、この人！　さっき見えた人！」

「は？」

「え？」

「うそ」

　三組の目が大きく見開かれるのに、萌香はぶんぶん首を振る。

「間違いないよ。赤い服。赤い帽子。そうだよ、あれ、なんかだと思ったんだ。赤い頭巾とちゃんちゃんこだ！」

「いやそこはすぐ分かるだろ」

「だって実物見たことないもん」

祖母は使い捨てを嫌う人だから、還暦を迎えるときには定番をはずしてワインレッドのショールを贈ったのだ。

「ほんとにじいちゃんだったの？」

写真と萌香の間で何度か視線を行き来させ、蘭がつぶやいた。厚士は様子をうかがう顔だ。二人とも萌香を疑っているわけではなく、信じきれないのだろう。

萌香はもう一度、しっかりと写真の男性を見た。緊張しているのか、お祝いの日の記念写真なのに表情がぎこちない。銀盤の底で見た、証明写真のような表情と重なる。

「間違いないよ」

萌香は断言した。自分の占いでこんなふうに言いきるのははじめてかもしれない。それだけ自信があるのだ。

決まりだな。翼がつぶやくのに、萌香は深くうなずいた。

「蘭ちゃんたちを助けてくれる人──その答えはおじいちゃんだよ。いざというときのためにお金貯めてくれたりするんじゃないのかな？」

「それはないと思う。じいちゃんお金の管理できない人だもん。手元にあったらあるだけ使っちゃうから、ばあちゃんが死んじゃってからはお母さんが管理してたくらい」

「貯金とはかぎらないんじゃ？　じいちゃんが持ってたものが実は値打ちものだったとか、

あり得る」

　翼が横から主張すると、厚士も「実は誰かにお金貸してたとかね」と賛同した。しかし、蘭の期待値は低そうだ。サラサラの髪を触りながら、言いにくそうに告白するのだ。

「……正直、じいちゃんだったら逆に借りてるって可能性の方が高そう……」

「そ、そうなんだ……」

　謙遜にもきこえないし、実際そういう人なのだろう。

　となると、祖父は頼りになりそうにない。どうして見えたんだろう。

「でもとりあえずじいちゃんは確定じゃん。モンステラとかいうのも、ここにはいっぱいありそうだし……あとはリスとこの『鏡？』ってやつ。この家の中にあったらなんか収穫ありそう」

　翼が言い出したら、そこからは大捜索になった。さすがにひとさまの家のものを勝手に触るわけにはいかないから、蘭と厚士が棚や引き出しをチェックするのを、居間のテーブルで見守る。モンステラやリスのグッズが出てきたら、いちいち集まって検証した。

　クリアファイル。ハンカチ。カフェカーテン。関連するデザインのグッズはたくさんあるけれど、なかなかしっくりくるものは見つからなかった。だいたい、《揺らぎの王女》が持っていたものがどう蘭たちを助けるのか分からないから、その正体にざっくり見当をつける、ということもできない。

とにもかくにも引っかかるものを手当たり次第チェックする作業をたっぷり一時間ほどくり返したとき、

「ポーチあった」

蘭が急ぎ足で居間に戻ってきた。持っていたのはモンステラが大胆にプリントされた、文庫本くらいのポーチである。まちが大きく、生地のたわみ具合からしてずっしりしているように見えるが、持ちあげた拍子に中からカシャカシャと軽い音もしている。

「なんだろ、これ」

蘭がファスナーを引いた。直後に「ああ」と彼女は納得する。

「印鑑と通帳だ。まとめて入れてるんだ。じいちゃんのもある」

「勝手に触って大丈夫？」

厚士が心配そうにささやいたが、蘭は「見るだけだもん」と主張して中に入っていたものをひとつずつ確認し始めた。家族全員分あるのか、冊数は多そうだ。ポーチの横っ腹はパンパンである。

萌香はそろりと目をそらした。なんとなく、ひとさまの通帳は見ていてはいけないような気がするのだ。他人の財布や鍵に手を触れるのがためらわれるのと同じ感覚で。

しかし翼は蘭の手元をじっと見ていた。あまりに凝視しているから「見すぎ」と肘でこづくと、翼は「あ、そっか」と一度は目をはずしたものの、やっぱり気になるのかチラチ

ラと蘭の手元を見ていた。そして言うに、

「通帳って上開きだよな」

「……そういえばそうだね」

萌香も両親から生活費を入れてもらう口座を持っているけれど、ウェブ口座だからカードしかない。だから思いつかなかったが、確かに通帳は表紙を上に開く。それに大きさも手のひらからはみ出す。そしてうすい。

いつしか萌香も蘭の手元を注視していた。そして唐突に気づく。

「あ、リス」

出てきた赤い通帳の表紙に、蝶ネクタイ・シルクハット・ステッキという紳士の装いでおめかしした、リスのキャラクターが描かれているのだ。

おおお――っと、太い歓声が響いて、いっせいに蘭の周りに集結する。

「それ、じいちゃんの？　大金が入ってるんじゃ」

翼が興奮気味に言った。中をのぞきこむような真似はしないかわりに、「早く見てよ」と蘭を急かす。蘭が小刻みにうなずき、リスの表紙がめくられた。残高が確認される。

固唾を呑んで見守っていると、くしゃっと、蘭の顔が歪んだ。

「笑えるくらいお金入ってないよ。うちの通帳の方が残高多い」

「今から入ってくるんじゃない？」

すかさず厚士がフォローに回ったが、蘭は「ないと思う」と一刀両断にする。

「じいちゃん年金生活だし、それも大半が施設の入所費で引かれる」

あっさりと通帳の表紙が閉じられて、萌香は気抜けしてしまった。

「……違った、ね」

「んなわけあるか。じいちゃんもモンステラもリスも上開きのうすいのも当てはまってる。他にへそくり用の口座とかあるんじゃないの」

萌香の落胆は翼に一蹴された。確かに条件を備えるものとしてこれ以上適当なものはない。萌香もそう思う。でも現実問題としてお金は入っていない――。

テーブルを囲んで一同考えこむこと、しばし。

突然玄関の方でガチャガチャ音がして、静かなときが途絶えた。

「おばさんかな」

厚士が席を立って戸口へ向かった。開かれた扉から蘭によく似た人が現れて、「わあ、あっちゃん。久しぶり」と弾んだ声をあげる。ゆるく髪をまとめた女性だ。見た目だけでは病気とは分からない、きれいなお母さんである。ちらっとこちらを見る。

「他は……蘭のお友だち？」

「はい！　はじめまして！」

あいさつしようとして立ちあがった萌香は、途中で母親の顔色が目に見えてかわったことに気づいた。こちらの言葉が続かなくなるほど険しい顔をしている。

彼女の視線は、真っ直ぐテーブルの上に向かっていた。

「蘭、おじいちゃんの通帳持ち出して何する気なの」

声に露骨な嫌悪感がにじみ出て、萌香は思わず翼と目を見かわす。

これはどうにも、悪い予感がする――。


占いの結果は、基本的に当たりとはずれの二つにひとつだ。

でもそれ以外に、失敗、という結果も存在していると萌香は思う。

今日のは失敗だ。泣きたいくらいの大失敗。

「わたしたち絶対悪い友だちだと思われてるよね……」

「まーな。でも小辻と三沢さんが説明するだろ」

蘭の家からの帰り道、萌香はずっと下を向いていた。翼は愛用のうちわをぱたぱたと動かしてはいるものの、少し落ちこんでいるようだ。声に元気がない。

直感したとおり、あれから状況は一変した。

留守中に通帳を引っ張りだしていることに、蘭の母親は激怒したのだ。さすがに初対面の萌香や翼に直接何かを言うことはしなかったけれど、その分娘への当たりはきつかった。

蘭は黙って耐えていたけど、萌香だったら泣きだしてしまいそうな勢いで叱られたのだ。

厚士が「最初からちゃんと説明します」と間に入ってくれて、とりあえず萌香たちは帰されたが、蘭の母親は最後まで愛想笑いひとつしてくれなかった。あの場に蘭を残してしまうことが心苦しくてたまらない。

「タイミングが最悪だったよな。あの現場見られたら疑われても仕方ない」

「うん……。お母さんが帰ってきてから一緒に見てもらえばよかったよね。……蘭ちゃん大丈夫かな。分かってもらえるといいんだけど」

ため息が出る。占いの結果がうやむやになってしまったことよりも、こっちの問題の方がショックである。今朝は足取り軽くやってきた道のりが、果てしなく遠く感じる。

「……なー。ちょっと寄り道しよー」

左に曲がるべきガソリンスタンドのある角で、翼が急に足を止めた。

「寄り道？　どこに」

「ちょっと」

有無を言わさない感じで翼はどんどん直進する。遅くなるような時間でもないし、雲が出てきたので日差しも少しはやわらいでいる。まあいいかと足を速めて追いかけると、着いたところは木津谷リサーチの入ったビルの前だった。

当たり前のように四階を見上げてしまうと、翼は「そっち行く前にコンビニ」と自動ドアの向こうに入り、新商品のスイーツ数点をスマホ決済でさっと買いこんで、エレベーター に乗りこんだ。選択したのは四階のボタンである。

「え？　薫子さんのところ？　いきなり行くの？」

「さっき連絡しといた」

　言葉どおり、エレベーターホール向かいのインターホンを押すと、すぐに扉が開いた。出迎えてくれたのは今日も絶好調に迫力のある一路氏である。

「いらっしゃいませ」

「ども。急にすいません。これお土産です。コンビニのですけど」

「お気づかいいただき恐縮です。どうぞ。妻も待ちわびています」

　一路が訳知り顔で手土産を受け取ると、奥からその妻が足早に姿を現した。なんだか全体的にキラキラしている。服装ではなく、雰囲気が。最初に会った日もつけていたフープピアスが、前後に大きくスイングしているくらいだ。

「いらっしゃい！　ついに出番なのねー。もう、おっそいよ少年。はいこれ！」

　今日の薫子はテンションが高いようだった。あいさつもそこそこに翼に茶封筒を押しつけたかと思うと、「さあさあ座ってゆっくり見ていって」と、二人そろって窓際のソファに追いやられる。

　ちっとも事情が呑み込めない。

「えーと、翼、それもらいに来たの？　なにそれ」

「……やる」

なぜか萌香の手元に封筒が回ってきた。おもてには春野翼さま——と流麗な毛筆体で書かれているのだが、その名の主は「開けろ」と目で合図してくる。

「でもこれ翼のでしょ」

「いいから」

強めに言い返されたので、仕方なく薫子にハサミを借り、封筒の底を軽くテーブルで弾ませてから慎重に上を切った。

出てきたのは三つ折りにされたコピー用紙一枚である。文書が印刷されているのが透けて見える。

なにこれ。改めて翼に視線を送ると、今度はそれを開けというアイコンタクトが返ってきた。

抵抗しても無駄なので黙って従って、上から三分の一を開いた——その瞬間、

『栗原リリア氏に関する調査報告書』

見出しの文字に目を剝き、蚊を叩く勢いで紙を閉じてしまった。

ドドドと心音が激しくなる。

栗原リリアは中学の同級生なのだ。占いで出た悪い兆しをものともせずに恋を実らせた、

友だち――だったはずの人。

萌香は前時代のロボットみたいにぎこちなく首を動かした。

「なに……なにこれなにこれ、どういうこと？」

「個人的に超気になったから二年前の占いのその後を薫子さんに調べてもらった」

「ちょ、なにやってるの翼！　ダメじゃん、プロにそんなこと頼んじゃ！」

「ちゃんと調査費払うよ」

「いや、お金かかってるならなおさらよくない……いや、ちゃんと払わなきゃいけないけど。でも、え？　わけ分かんない……」

「なんでもいいけど結果どうなの。俺も知らないんだけど」

ソファのひじ掛けで頬杖つきながらゆるっときいてくる春野翼。萌香は両手で報告書を挟んだまま動けない。ここまで引きずってきた出来事のその後なんて、新聞みたいに気軽に読めるものか。成績表を開くよりも心理的ハードルが高い。

「あたしが要約しようか？」

この場で唯一結果を知っている薫子が、くすくす笑う。

しかし聞こうが見ようが同じことだ。萌香は正直二時間くらいかけて心の準備をしなければ受け入れられそうになかったのだが、翼があっさり言ってしまう。

「お願いしまーす」

「オッケー。じゃあ結論ね」

ヒッと身構える。

「交際一カ月で破局」

報告は一瞬で終わった。

そして萌香は無になる。表情も感情も、ころころ転がってあっという間に見失う。すなわち無である。

翼がソファに沈みながら鼻で笑った。

「なんすか、それ」

「なんかね、相手の先輩ってのがろくでもない男だったみたいだよ。早い段階で二股発覚して泣く泣く別れたけど、萌香ちゃんに強く当たった手前、周りに言い出せないまま卒業まで隠し通したみたい。詳細は報告書でご確認ください」

素敵な笑顔に背中を押され、肘でこづかれ、萌香は鈍った身体を無理やり動かして、おそるおそる文書を開いた。

文字の羅列を細目で追う。栗原リリアに関して少し怖くなるくらい細かい情報がちりばめられていて、まとめるとやっぱり「一カ月で破局」だった。

「いや、でも……リリちゃん、確かバレンタインに彼氏のイニシャル入りのチョコレート作ってたってきいたんですけど……」

「見栄はったんじゃない？　そういうお年頃でしょ」

「あ、はい……」

そういうお年頃だし、そういう性格の持ち主だった。自分が一番キラキラしていたい、栗原リリアは良くも悪くも女の子らしい女の子だった。

座っているのに腰が抜けたような気がした。

恋占いで告白を勧めないという結果が出たのは、そういうことか。フラれるからよせというわけではなくて、幸せにはなれないから勧めないと――そういうこと。

「忠告きいてればよかったのにな、その人」

「……ああ……もっと強く止めてればよかった……」

「そっちかよ」

「だって結局わたしの読みが浅かったってことじゃん」

今みたいに占いの結果を深く考えてからアドバイスしていたらきっと結果は違った。

あの灰色の中学校生活はなんだったのだ。馬鹿みたいじゃないか。

顔を覆って悔やんでいると、膝にのせていた報告書が横から取り上げられた。

流し読みした翼がにやっと笑う。

「あんだけ大失敗とか騒いどいて、結局占い自体は当たってたのか。てことは、今日のも深掘りすれば当たるな」

「う、うーん……？　当たってってもはずれてても、結果的にうまくいかないのならやっぱり失敗じゃない？　今日のも、あれは大失敗……」

「なんかあったの？　今日、お友だちのとこに行ったんでしょ？」

翼が伝えていたのか、薫子は軽く眉を上げてきいてきた。

萌香はいっとき忘れていた蘭の母親の冷たい目を思い出し、ずんと落ちこむ。

「それが、最後占いどころじゃなくなっちゃって……」

「そんなに暗くなるほど？」

「はい……」

「薫子さん、よかったらちょっと話きいてもらえませんか」

しょげかえる萌香のとなりで、翼が勇ましく身を乗り出した。「できたら旦那さんも一緒に」と、事務机の方でノートパソコンを開いている一路にまで目をやる。

「ああ――うん。いいよ。あたしたちでよければ」

うなずいた薫子が鼻先を向けると、一路は「個人的な内容を含むようでしたらまずはご友人の承諾を得てください」と答えた。さすが、きっちりしている。さっそくスマホを操作して許可をもらおうとすると、翼がそれをさえぎった。

「許可はとってます。今回は絶対大人の意見もきいた方がいいと思ったんで」

「翼、いつの間に……」

「つくづく優秀な助手だね、少年」

「身の程わきまえてますから。俺らなんか、しょせんは狭い世界で生きてる高校生です」

謙虚というには堂々とした態度で翼は述べた。視線が真っ直ぐで、なんかちょっとかっこいいぞと思ってしまう。

「素晴らしいですね」

一路が短く絶賛した。今まで同じ席につくことのなかった彼が、はじめて萌香たちの前でソファに着く。薫子のとなりだ。それだけでもう、最強の布陣（ふじん）という感じ。

じんわりと感動している間に、翼は待ってられないとばかりに助手ノートを開いて、蘭の状況と占いの結果、自分たちなりの推測と、蘭の家を出ることになった手痛い出来事までをいっきに説明した。

「あー、それは運が悪かったね」

「軽率であったことは反省すべきです」

薫子と一路の反応はそれぞれである。そして、どちらも素直にきける言葉。萌香は神妙にうなずき、翼は「分かってます」と言いつつも「それでですね」とさっさと切り替えて進んでいく。

「これ、今日の占いの結果なんですけど。どう思います？　ぶっちゃけ俺、はずれてるとは思わないんですよ。この調査結果見たら自信出ました。やっぱこいつの占いは読み違えさえしなければはずれない」

「翼言いすぎ。ハードルあがる……」

「そう言う萌香ちゃんは相変わらず謙虚ね」

笑いながら、薫子はソファに背中を預け、腕組みした。んー、としばらく考える。

「病気したときに親兄弟が助けてくれるっていうのはふつうにあるよね。だから萌香ちゃんが占っておじいちゃんが見えたって言うならおじいちゃんなんだろうけど」

「けど?」

「うん……そのおじいちゃんがお金の管理できない人だってことは引っかかるかな。現時点でお金の管理ができてない人は、昔も、将来も、やっぱりできないとあたしは思う。イチローは?」

呼びかけられた一路は、助手ノートをのぞきこみ、萌香たちの考察のあとを丹念に目で追っていた。静かに視線が持ちあげられる。

「金銭管理に関する考えはおおむね薫子さんと共通しています。占いの結果に関しては、占いで提示されたものがその通帳を示していると仮定して、そこに助けになるものが存在しているとしたら、預金よりもむしろ保険ではないかと推測しますが」

「保険?」

「はい。がん保険なら申し分ないですが、医療保険でも、入院特約付きの生命保険でも、保有している契約があればずいぶん助けになると思います」

　はあ、と萌香はあいまいにうなずいた。

　がん保険って、ＣＭでよく流れているやつだ。中身はよく分からないし、一路の言った三つの保険が厳密にどう違うのかも分からないけれど、万が一のときに保険金がおりるのだ、ということくらいは萌香にも分かる。

「そういえば昔母ちゃんが骨折して入院したとき、保険金で入院費払ってもおつりがきたとか言ってたわ。俺、あまった金で靴買ってもらった」

「そんなにもらえるの？」

「内容によるんじゃないの」

　一路氏が静かに首肯した。萌香にはピンとこない話だけれど、税理士にしてファイナンシャルプランナーの資格も持つ彼が言うのならそういうものなのだろう。

「そっか。保険……保険」

　新しい英単語を覚えるようにその言葉を脳に刻みつけていると、薫子が「どうかなあ」と苦笑いした。

「今の段階でお金の心配してるってことは、何もかけてないんじゃない？　余裕ないと後回しにしがちだよ、保険とか」

「おっしゃるとおりですが、本人がかけていなくても、親が子に保障を用意していることはよくあります。老後の面倒を見てもらう子どものために保険をかけてはどうか……というのは保険勧誘の常套句だとききます。通帳に保険料が引き落とされた履歴がないか確認していただきたいところですが」

「あっ、はい。きいてみます！」

「あとでかまいません。むしろ少し時間を置くべきですね。ご家族が落ち着くのを待った方が賢明です」

「そっか。そうですね……」

「しかし、保険ねえ」

そろそろとスマホをおろす萌香の向かいで、薫子が渋い顔でつぶやいた。

「あたしはやっぱり期待できないと思うよ。おじいちゃんのお金、お母さんが管理してるんでしょ？　通帳だってふだんから見てるはず。保険ってかけられる人が同意しなきゃ契約できないし、年一くらいで保険会社から案内も来るし、気づかないことはないと思う」

「確かに、クリアすべき条件はいくつもあります。ただ、保険は長期で所有する商品ですし、頻繁に利用するものでもありません。預貯金ほど厳密な管理をされないのが一般的です。たとえば薫子さん、自分の保険証券のデザインを記憶していますか？」

「……………………保管場所が分かってれば充分じゃない？」

「誤魔化しましたね」

「あんたが死んだらたっぷり保険がおりるっていうのは分かってるよ」

「あいにくそう簡単にひとりにするつもりはありません。気長にお待ちください」

悪い顔をする薫子を、一路氏は真顔でかわした。「旦那の勝ちだな」と翼がぼそりとつぶやくのに、萌香は心の中で全力で同意する。

誰が見ても一路の圧勝だ。そしてなんだかんだ言って彼が強気な妻に負けているところを見たことがない。そして夫をにらみつける薫子の顔。凶悪なのになぜかかわいい。

萌香はひっそりと笑った。

つくづく変な夫婦だなあと思うのだけど、彼らの家にお泊まりさせてもらった萌香は知っている。この夫婦は結婚指輪はしていないけれど、実は腕時計がおそろいだ。そして毎日かわる薫子のピアスは一路氏が選び、今までまったく注目してこなかったけれども一路氏のタイピンは薫子が選んでいた。「彼女は一組ずつ適切に管理しなければ紛失する人ですので」という夫の主張と「あの人ほっとくとテキトーなのつけるもん」という妻の主張がチグハグなのに絶妙にかみ合っていて、もうこの二人の物語は結末まで見届けるしかない――と謎の使命感を燃やしている萌香である。

と、そうしていつものようにひたっている傍らで、一路氏が助手ノートから完全に目を離した。

「萌香さんの占いを軽視するわけではありませんが、確実に助けになる公的な補助制度がいくつかあります。参考になりそうな資料をご用意しましょうか」

「あ、はい。ありがとうございます！」

さっそく階下に向かう背中に、萌香は深く頭を下げた。はーっと感嘆したのは翼だ。

「一路さんかっけー。すげー頼りになる」

「手を出しちゃダメよー」

からから笑いながら、薫子が助手ノートを拾い上げた。時間をかけて丁寧に読み直して、静かに表紙を閉じる。

「とりあえず、あたしたちが知恵出せるのもこのくらいかな。あとはお友だちが頼りだね」

「はい。薫子さん、ありがとうございます。相談してよかったです」

「ただ好き放題言っただけだけど」

「それが大事でした。すごく」

たとえばそれは部屋の空気を入れかえるようなものだと思う。

蘭も厚士も、もちろん萌香たちも、治療費に対する不安を『お金があれば解決できる』という方向性でばかり考えていた。困ったときに助けになる仕組みがあるということは、大人の導きがなければ気づきもしなかった。新しい風を入れてもらったのだ。

今日は根本的なことは何も解決できなかったし、よけいなトラブルも生まれてしまった。けれど収穫はあった。

占いをやった意味はあると思う。


その日の深夜、蘭から長いメッセージが届いていた。

嫌な思いさせてごめん、というお詫びの言葉と、過去に犯した罪の告白が並んでいた。

蘭は、中学生のときに母親の財布からお金を抜いてしまったことがあるらしい。

友だちみんなでテーマパークに行こうと盛りあがったとき、「おこづかいが足りないから行けない」と言うことができなくて、誤った選択をしてしまった。

幸か不幸か未遂に終わって、遊びには行かず、お金も返したけれど、親からの信用を失った。今回通帳を広げているところを目撃した母親が過剰に反応したのはそういうわけで、悪いのは自分であって母ではないと、彼女はたくさんの言葉をつなげて訴えていた。

『モカちんまで巻きこんでごめん。高校では友だちにダサいとこ見せないようにしようと思ったけど、やっぱりダメだった』

文末に書かれていた一文を読んだとき、ひょっとすると、蘭もそのテーマパークのことがきっかけで人間関係が崩れてしまったのかもしれないと思った。

萌香の占いのことを知っていながら触れずにいたことも、母子家庭だということや、母親の病気のことを明かせなかったのも、萌香と同じように、新しい場所で慎重に友だち付き合いをしていたからかもしれないと――。

萌香は、朝、起き抜けにすべてを読みきったけれど、あえて返信はしなかった。

直接話したかったのだ。

失敗や間違いなんて誰にでもあるもので、なんなら萌香だって中学で大失敗している。

母親想いの蘭がダサいなんてことがあるはずもない。

自分のことを否定しないでほしかった。

だから萌香は慌ただしく身支度をして、倍速で朝ごはんを食べ、お弁当の仕上げも急いでもらって、べつに待ち合わせの約束をしたわけでもないのに、二十分早く家を出た。走ったらいつもより登校時間を八分短縮できて、まだ人の少ない教室で、一路からもらった資料を胸に抱きしめて、そわそわしながら蘭を待った。

それなのに。

「今日、小辻休みらしい。さっきツッチーが言ってた」

朝礼前に翼がそんなニュースを持ってくるから、愕然(がくぜん)とした。

予鈴が鳴ってほぼほぼ人のいない階段の踊り場で、萌香は不安からごくりと息を呑む。

「休みって、なんで」

「きいたらツッチーは濁(にご)した。親のことかもな。萌香は？　本人からきいてないの」

「きいてない。昨日のことでメッセージはきてたけど、蘭ちゃんあやまってばっかり」

とっさに握りしめていたスマホに目を落とす。通知画面にお知らせは出ていない。

「まだ親子でもめてんのかな」

「ううん。わたしたちのことは分かってもらえたみたい。でもその分蘭ちゃんが全部背負ってる感じがしてて、そこは心配してた」

「ああ……ちなみに保険は？」

「あの後きいてみたけど、なかったって」

それは夜中のメッセージの中に書かれていた。母親に説明して一緒に確認したけど、保険会社の引き落としはなかった——と。それから、協力してくれてありがとうと、蘭は感謝の言葉まで添えてくれていた。

「……そっか」

翼が下くちびるを噛んで小さく嘆息する。

「そっちが当たってれば完全に疑い晴らせるし、万事解決だと思ったけどな」

「うん……。でもまだはずれって確定したわけじゃないよ。可能性のひとつが消えただけで、もらったヒントをもう一回洗い直せばまた何か見つかると思う」

「へー。今日すげーポジティブじゃん。どうしたよ」

そんな、大げさに眉を上げてまで驚くことだろうか。

「わたしだって少しくらい成長するんだよ」

少しふくれる。その成長も大半は翼のおかげだが、なんだか秘密にしたくなった。

栗原リリアのその後をきいてちょっと考えることがあったとか。

あのとき占いの結果を深く考察してから伝えていれば結果は違ったんじゃないかとか。

あるいは、友人関係がこじれたあとにしつこく誤解だと訴え続ければ、また違う結果が待っていたんじゃないかとか。

そういうことをくり返し考えていたらちょっと視界が広がった気がするんだ——とか、もう言ってやらない。

「ねえ翼、助手ノート貸して。わたしもっといろんな方向から考えたい」

「いやだ。俺も見たいもん。書いたとこだけ写真に撮れば？」

「ダメー。それじゃ授業中に見れない」

「授業中にするのかよ」

「むしろ他にいつやるの」

——なんて、ごちゃごちゃ言っていたときだった。

遠くで「あー！」という声をあげ、ダチョウのような勢いで一直線に走ってくる人がいた。真瑠莉だ。顔の周りでゆるふわの髪が躍りまわっている。

「なになに、モカちゃんが春野くんとしゃべってる。めずらしくない!?」

翼と一瞬目を見かわす。

客観的に考えるとちょっとすごいと思ってしまうのだけど、あれだけ喧嘩だのなんだのやっていても、学校では『ただのクラスメイト』という立ち位置を完璧に維持している二人なのである。

「……入学して四カ月もたてば誰とでもしゃべるでしょ」

翼がふいと目をそらして上手に逃げた。さすが筋金入りのあまのじゃく。さっきまで萌香の成長に感心していたなんておくびにも出さない。

しかし真瑠莉も負けていない。

「そんなこと言ってもあたし怪しんでるから！」

きっとバドミントンの試合中もこんな顔をしているのだろう、彼女はかわいい顔に不似合いな、勇ましい表情で言うのだ。

「春野くんの彼女、モカちんなんでしょ⁉」

さながら名探偵に追いつめられる殺人犯のように、萌香は鼻先にビシッと人差し指を突きつけられた。

翼に彼女。そんな話もあったなあと遠い昔のことのように思い返し、そういえばその件について翼にお詫びしていなかったことを一緒に思い出して、ちらりと彼を見た。本来はくりっとしていてかわいいはずの目が、全部おまえのせいだと凶悪に告げていた。

（――了解、これお肉奢らなきゃすまないレベルですね）

ひっそり理解していると、そんな言葉にならないやりとりさえも見逃さずに真瑠莉は「ほら！」と声をあげた。

「アイコンタクトとかしてるじゃん。モカちんひどい。内緒にしてるとか！」

「……馬鹿らし。もう行くわ」

我慢するのを放棄したのか翼が冷めた顔をしてスタスタと行ってしまった。

大丈夫。あれならさほど怒っていない。マルトミ本舗の和牛串焼きあたりをご馳走したら、いっきにご機嫌ゾーンまで針が振れるはず。

「んー……春野くん粘るね。なんなの？　秘密の恋なの？　ツンデレなの？　もう、言ってくれてたら合コン組んだりしなかったのにモカちん！」

「うん。えーとね。まるるん、誤解だから」

右の手のひらをすっと立てて、萌香は厳かに言った。しかし真瑠莉はツンとくちびるを尖らせ、ぜんぜん信じそうにない。

こういうときは無理にでも話題をかえるにかぎる。

「それよりさ、まるるん。今日蘭ちゃん休みなんだって。ちょっと落ちこんでるっぽかったけど、まるるん何かきいてる？」

面白くなさそうにゆるふわヘアをいじっていた真瑠莉が、パッと髪から手を放した。

「あー……やば。あたしきつく言いすぎたかな」

「何かあったの？」

「んー……蘭ちゃんさ、うちのお母さんが働いてる店にバイトの面接に来たらしいの。夏休みの間だけ、夏休みは朝から夕方まで、いくらでもシフト入れますって」

「ええ？　居酒屋さんは？　やめてないよね」

「やめないと思うよ。彼氏いるし、掛け持ちする気なんだと思う。でもふつうに考えて無謀でしょ？　体壊すと思って、あたし蘭ちゃんに電話したの。バイトはひとつで充分じゃんって。けっこう強めに言っちゃったんだよね。気にしたかな」

「……ううん、それは大丈夫だと思う」

考えながら萌香は答えた。蘭が休んだのは彼女のせいではない。まったく無関係ではないかもしれないけれど決定的なことではない。真瑠莉が気に病むことではない。逆に、止めてくれてよかったと思う。

「あたしさあ、頭で考える前に言っちゃうんだよね。興奮したら言葉きつくなるし」

ふいに真瑠莉がため息をついた。「中学でもそれで散々失敗したのにさ、なおんない。どうしよー、もう友だち失くしたくないよー」と、彼女は壁にもたれかかって天井を仰ぐ。

萌香は、目をぱちくりとさせた。

失敗。友だち失くす。耳に痛いワードだ。ものすごく。

真瑠莉は立ちすくむ萌香をちらっと見て、バツが悪そうに笑った。

「あたし、中学ではぼっちだったんだよ。何でもずけずけ言っちゃうし、気は強いし。クラスに彼氏いたからなんとか学校行けてたレベル」

決定的な告白に、萌香は——笑ってしまった。

なんなんだもう、と思った。

三人とも、似たもの同士なんじゃないか。

「笑いごとじゃないよー、モカちん」

「あ、ごめん。面白がってるんじゃないんだ。あ、違うか。面白いか。——わたしも似たようなものだから」

「えぇー!?」

真瑠莉のすっとんきょうな声が踊り場いっぱいに響いた。

「いやいや、うそうそ。それは絶対嘘。モカちん癒し系じゃん」

「ぜんぜん違うよ。それに原因はわたしだったし……」

言いながら、ああ、タイミングがやってきた——と萌香は思った。

変なところで切れた話に不思議そうな顔をする真瑠莉に、萌香は笑いかける。我ながら自然な笑顔だ。

「まるるん、一時間目って体育館で集会だったよね」

「え? あ、うん、警察の人の出前授業でしょ。薬物、絶対ダメ——って、夏休み前によくあるやつ」

「――わたし今からおなか痛くなる」

「えぇ？」

「保健室、付き合って」


白いカーテンで仕切られた小さな世界で、萌香は真瑠莉にひそひそと昔話をした。

自分が祖母から受け継いだものと、少し昔の苦いお話。それから、今まさに苦境にいる蘭の話。

真瑠莉は、はじめはなかなか混乱していた。

情報量が多いうえ、そのほとんどが思いもよらない出来事で、

「なんか氷ばっかりのオレンジジュース飲んでるみたい」

と、真瑠莉はほうけた顔でつぶやいた。すなわち、尖った冷たさがくちびるに触れてばかりで肝心のジュースの味が分からない、ということらしい。

でも、時間を置いたら、山のような情報と真瑠莉の感情がなじんできて、

「蘭ちゃん、大丈夫かな」

彼女は鼻先を天井に向けて、一番シンプルな気持ちを口にした。

蘭からの連絡は、まだなかった。

萌香の占いはそこそこ当たる。

そう言ったのは翼だった。

当たらないんじゃなくて読み方が難しいだけ。はずれるわけがない。

彼はいつだって強気だった。

実際のところは、けっこう当たっている――いや、当てにいっている。ちょっとズルいんじゃないかと思うくらい、必死になって当てにいった。

なんだっていいのだ。究極は当たらなくても。

最後によかったと思えるのなら、なんだっていい。

（この中に答えがあるなら、そりゃうれしいけど）

萌香は自分の席で翼の助手ノートを広げ、あきらめ悪く考え始めた。

蘭の母親の病気に関して救いが欲しくてやった占い。

助けになる人として提示されたのは蘭の祖父だった。

でも彼はお金に余裕があるわけじゃない。ひょっとするとべつの口座に蓄えているかもしれないけれど、蘭からきいた彼の性格と照らし合わせると、可能性は低いと思う。

通帳は無関係なんだろうか。

発想をかえてみる。しかしそうなると、《夜の女王》が見せたモンステラもリスも、《揺らぎの王女》が持っていた折りたたみ式の何かも、いっぺんに正体が分からなくなる。

（やっぱりあの三つはぴったりはまってる気がする……）

一路が掘り出してくれた保険という切り札も、かなり強力なものだと思う。

ということは、読み間違えているのは蘭の祖父の方？

よく似ていたけど、実は別人だった？

こちらも根本的なところを疑ってみたものの、しっくりこなかった。

《糸繰り王子》が見せた人と写真の人は、服装まで一致していたのだ。高齢男性が赤い服を着ている、という印象的な姿だから、取り違えようもない。なんなら二人が同一人物だと確信させるために、《糸繰り王子》がわざわざあの写真の姿を見せたのかと思えるくらいだ。

（わざわざ……わざわざ？）

萌香はあごを引いた。

そういえばアルバムの中には他にも蘭の祖父をうつした写真があった。

普段着の写真も、笑顔の写真も、家族がそろっている写真もあった。

なのに、どうしてあの写真の姿だったんだろう。

なぜ《糸繰り王子》はあの写真の姿を見せたのか――。

（あ……）

ふいのひらめきに背筋が伸びた、次の瞬間だった。

「なんだ、米村」

思いがけずリアクションがあって、萌香の心臓は縮みあがった。

砂鉄の中に磁石を放りこんだように、一瞬にしてクラスの視線が集まってくる。

まったく不本意な話だが、姿勢を正しただけで先生の目についてしまったらしい。

頭の中は占いの解読でいっぱいだったが、今は授業中である。しかも科目は数学。教卓には導火線の短い土屋先生。

萌香は悟る。

（——あ、終わった……）

「あー！　先生、たぶんあたしが落とした消しゴムが転がったせいです！」

二列となりから声があがった。真瑠莉だ。助け船だとすぐに分かったけれど、正直距離的にも位置的にもかなり無理があった。先生が露骨に怪訝そうにしている。

すると、「これ？」と、今度は前の方にいる翼が高々と手を突き上げる。

その指先につまんであるメロンソーダみたいな色の消しゴム。

どことなく緊張した空気の中、先生が真瑠莉と翼を順に見て、うなずいた。

「……そうか。じゃあ次いくぞ」

ボヤにもならずあっさりすんで、萌香はおろか、クラス中が脱力した。

きっとクラスメイトのほとんどが気づいていないだろうが、あの消しゴムは真瑠莉のものではなく翼のものだ。知恵と勇気の初期消火である。

感謝してもしきれない。翼にも、真瑠莉にも。

「翼ー！」

数学の授業が終わったあと、萌香は翼の席に飛んでいった。

「さっきはありがと。――ねえきいて」

机の正面にしゃがみこむと、

「え？　は？」

と、彼はハニワみたいな顔をする。『学校ではただのクラスメイト』協定のせいだろう。しかし萌香は――自分から頼んだことだというのに――今このとき、どうでもよくなっていた。それよりも何よりも、知らせたかったのだ。

「分かった。あの占いの正解」

翼の困惑の表情が一瞬で引っこんだ。

「まじか。なに、結局どういう――」

「とりあえず確かめたいから蘭ちゃんち行ってくる！」

気が急いてたまらない。頭が追いついてこないらしい、フクロウみたいに丸い目をしてキョロキョロする翼に、「じゃあね」と言い残して立ちあがる。

「ちょっと。待て。俺も行く！」

「――えー、翼くんどこ行くのー？」

突然だった。萌香につられて翼が椅子を離れたとき、萌香ですら見上げる巨体が倒れこむように翼の肩を掴んだ。近藤弥太郎だ。「いーなー、どこ行くのー俺も行くー」と酔っ払いみたいに絡み始めて、

「……べつにどこも行かない」

と、翼が分かりやすい嘘をついた瞬間、ギンと目を光らせる。

「はい、虚偽の証言ー。裁判ー処刑ー」

「なんでだよ！　ちょっ、待てって！」

弁解するチャンスも与えられないまま、翼は連行されていった。

（遊ばれてるなあ。またデコピンかな）

翼がいつものメンバーの真ん中に放りこまれる横を苦笑いで通り過ぎ、パタパタ廊下を駆ける萌香である。

空は吸いこまれるように青かった。

太陽の白い光は真っ直ぐ地上を突き刺して、あらゆるものの影を濃くする。国道沿いの

街路樹の下を疾走していると、すごく暑いのとやや暑いの、まぶしいのと暗いのが交互にやってきては過ぎ去って、刺激的なアトラクションみたいだった。

萌香は走っていた。学校が終わって、「蘭ちゃんによろしく」という真瑠莉の伝言を受け取り、教室の窓から渋っ面をさらす翼に手を振って、校門を出てからずっと走りどおしだった。

邪魔になるから日傘は教室のロッカーに置いてきて、キリンの扇風機は鞄の中。その鞄の中では空のお弁当箱がアクロバティックに動き回っていて、箸箱とかペンケースがガチャガチャとにぎやかに鳴っている。

めちゃくちゃ暑い。

ひどく息が切れ、服が肌にはりつき、汗がなぜか横向きに流れていく。

でも、不思議としんどくなかった。

蘭の家まで完走したし、それまでの萌香だったら十分くらいはためらっただろう蘭の家のインターホンも、すぐに鳴らした。応答があるまでの短い間に逃げたいとも思わなかった。扉が開いた瞬間、全力の笑顔でいられた。

「こんにちは！」

「あ……」

萌香がはつらつとあいさつするなり気まずげに睫毛を伏せたのは、蘭の母親だった。疲れた顔をして、目がなんだか腫れぼったい。高めのテンションを保っていた萌香もさすがに切ないような、申し訳ないような気持ちがこみあげてきて、ぶんと勢いよく頭を下げた。

「昨日はすみませんでした！　ただでさえ不安なのに、よけいな心配かけてしまって、すごく反省しました。ごめんなさい！」

肝心なところで鞄がずるっと肩から落ちた。息切れがひどくて声がかすれて、必死のお詫びが締まらない。いつもの萌香なら軽くへこむところだ。でも今日はそうじゃない。顔を振り上げる。

「いきなり来てすいません。蘭ちゃん休みで、心配で来ました。蘭ちゃんいますか」

たずねたとき、その蘭が奥から顔を出した。

「モカちん」

「蘭ちゃん！　よかった。心配した！」

汗だくの顔で笑うと、蘭はばたばたと玄関先に出てきて、泣きそうな顔で萌香の両手を引っ張った。

「なんで、もう……めっちゃ暑いのに。中入ってよ。汗ふかないと。風邪ひくよ」

「タオルどうぞ。よかったら使って」

「ありがとうございます。でも、先に確認してほしいことがあります」

ご厚意を受け取り、ふわふわのタオルを胸に抱きしめながら萌香は言った。まだ玄関で、靴も脱いでいない。でも気が急いて仕方がない。

「おじいちゃんの通帳、見てください。ちょっと昔の通帳。――ありますよね。きちんと管理されてるみたいだし、ポーチはパンパンだったし」

息が切れているうえに気持ちがいっぱいいっぱいで、萌香は「分かりやすく説明する」という基本的なことができなかった。

期待の裏返しだった。今度の読みはいい線いってる。そう思うから気もはやる。

今回の占いの鍵は《糸繰り王子》だ。

蘭の助けになる人は誰かと占って、彼が出した答えはあの写真の老人だった。そしてその彼の名義の、モンステラのポーチに保管されたリスの通帳がある。

それで正解なのだ。

萌香は占いで見た高齢男性と蘭の祖父が同一人物だということに注目しすぎていたけれど、解釈を間違えた。《糸繰り王子》が見せた正しい答えは『赤いちゃんちゃんこを着た蘭の祖父』。

つまり、蘭の祖父が六十歳当時の通帳に、何かがある。

母娘（おやこ）が顔を見合わせた。ふっと、二人の表情が同時になごんだ。

蘭が振り向く。笑顔だった。

「当たってたよ！」

「え？」

「保険、あったんだよ！」

思わぬ報告に、留め具が壊れたかのようにぱかりと萌香の口が開いた。

「あったの……？」

「うん。引き落としはなかったけど、じいちゃんの通帳をずっとさかのぼってて、見つけたんだ。保険会社に大きい金額送金したあと。ね、お母さん」

「ええ。何の送金か分からなかったから、今日、代理店に行って調べてもらったんです。保険料を一括払いしてたんですって。わたしすっかり忘れていたんです。父が退職金をもらったとき、置いていたら使っちゃうからって。母が保険をかけてあげるって言ってたの」

保険は、蘭の祖母が蘭の母親にかけるように契約されていたという。祖母が亡くなってからはまったく管理できてなくて、名前も住所も離婚する前のままで登録してあって――でも、保険会社に確認したら、手続きすれば継続できるし、もちろん治療費も出ると力強く言われた。「安心して治療が受けられますね」と言ってもらえて、その場で二人で号泣してしまった――。

そう、蘭の母親は目頭（めがしら）を押さえながら説明してくれた。

萌香は、どっと安心した。走ってきたことで身体も疲れて、力も抜けた。

でも、そんな状況でも顔だけは勝手に笑顔に向かい始める。

「よかったぁ……よかったね、蘭ちゃん」

「うん。モカちん、ありがと。ほんとありがと」

飛びついてきた蘭がぎゅうぎゅう抱きしめてくる。

でも、感謝されるのは自分じゃないと萌香は知っていた。

保険を契約してくれていたのは祖母で、古い通帳を残していたのは母親。その母親がきっちり管理するには祖父の金銭管理の危うさだって必要だったし、無茶するくらい心配してくれるいとこや、がんばり屋の蘭がいたから最後に全部が集結した。

まさに金色の糸だ。古いご縁と新しいご縁、今あるご縁が合わさってできる特別な糸。

萌香はただ、小さな王子さまにこの魔法のような糸を預かっただけなのである。


「翼ー！」

安浪神社へ続く坂を、萌香は全速力で駆けあがった。

パンダカラーのラグランシャツに若草色のエプロンをつけたその人は、五時をすぎてもぜんぜん暑さが落ち着かないというのに店のひさしの外に出ていて、声に気づくと野生動物みたいにピッと背筋を伸ばした。

速度をあげて残りの距離をいっきに詰めて、完璧に準備されていたハイタッチの構えに、思いきり両手を打ちつける。パン、と最高にいい音がする。

「おつかれ。さすが萌香先生」

「へへ。わたしやりました」

調子に乗って敬礼すると、翼はご近所中に響きそうな派手な拍手をした。蘭の家から帰るときに電話を入れたのだが、それからずっとこのテンションだったのだろうか。見たことないような全開の笑顔だ。

「てか汗すげー。頭、もうそれ濡れてんじゃん」

「だって走って帰ってきたもん。あっつー」

笑いながらハンドタオルを取りだすと、鞄の口から半分顔を出したキリンの扇風機を抜きとられた。翼の手の中でぶーんとキリンのしっぽが回りだす。こっちを向いて、前髪が少し浮き上がった。

風はすこぶる熱かった。髪は濡れたところだけはりついている。

だけど、気持ちがいい。すごく気持ちがいい。

萌香は笑った。

「翼、ありがと」

「は？　いや、こんなんでありがたがられても」

「違うよ、昔の話だよ」

扇風機を傾け変な顔をする翼を前に、萌香はしゃきっと姿勢を正す。

「夏祭り、連れてってくれてありがと。おかげで友だち助けられたよ」

十年越しの感謝の言葉だ。うちに帰ったら真っ先に伝えようと思って、一生懸命走って帰った。ラストの上り坂がきつかったけど気分は爽快。萌香は満足して胸いっぱいに息を吸いこみ――しかし途中で唐突にやめた。

ふんぞり返って笑うだろうと思った翼が、固まっていたのだ。キリンの扇風機があさっての方を向いているのに、それでご自慢の前髪がゆらーりゆらりと変な感じに波打っているのに、ちっとも頓着しない。

「……翼？」

声をかけると、彼はなぜかバッとこちらに背を向けた。そしてひととき下を向いたかと思うと、今度は「はは」と腹を折って笑い、それはもうぐいぐいと、手首で目元だか額だかを拭い始める。

「ばあちゃんすげえ、さすがだな」

彼が絶賛するのに、萌香はぽかんとする。

笑いの混じったつぶやきの意味がまったく分からない。

でも、なぜだか「どういうこと？」と追及するのも、「どうしたの？」と心配するのもふさわしくない気がして、萌香はあたふたとそこらじゅうを見回して、無駄に手を上げ下げして、とりあえず、目についた翼の背中をバシバシと叩いた。

「あの、さ。今年もあるんだよね、夏祭り。行こう！　タコ焼きとか、林檎アメとか、奢るし！　今までの、長年のお礼に！」

「――はあ⁉」

翼がすごい勢いで振り向いた。見慣れた翼だ。今のなんだったの、と抗議したくなるくらい、いつもの顔。彼はその顔をぐんと目の前に近づけて、

「待て待て、長年のお礼がそんだけですむと思ってんの⁉」

「え、足りない？」

「ぜんぜん足りない！」

マジックで塗り潰す勢いで訂正された。本当に、さっきのはなんだったのか。翼は唐突にえらそうになって、

「とりあえず今回の助手代は串カツ食べ放題な。あとこないだばあちゃんが作ったパン耳かりんとう全部食ったろ、俺の分よこせ。ドタキャンした焼肉そろそろ食わせろ。そんで花火もする。浴衣で集合な」

「そ、それもうただの欲ばりじゃん！　――まあ、楽しそうだからだいたいは付き合ってもいいけど……浴衣は勘弁してよ。わたし悲しいくらい和服似合わない」

「いいじゃんべつに。気分の問題」

「えー。もー、自分が甚平さん似合うからってー」

「はいはい似合いますよ。ていうか昔からそうだけど、なんで甚平に『さん』つけんの？」

「グランマが言うからだよ」

「――呼んだかしら」

ツルバラのアーチから祖母が出てきて、萌香はパッと笑顔になった。

「おかえり、萌香。まああ、汗びっしょりね」

「ただいま、グランマ。ねえ、きいて。今日ね――」

身をひるがえし、子どもみたいに祖母の手を引く。落ち着け、と翼からツッコミが入るけど、浮かれずにはいられない。

ツルバラのアーチを抜け、風の通る縁側に座布団を並べて、お茶を飲みながら披露するのだ。占いがもたらした幸福な物語。

さいわい空は明るい。

今日という特別な日は、まだまだたっぷり残っている。

※この作品はフィクションです。実在の人物・団体・事件などにはいっさい関係ありません。

集英社オレンジ文庫をお買い上げいただき、ありがとうございます。
ご意見・ご感想をお待ちしております。

● あて先
〒101-8050　東京都千代田区一ツ橋2-5-10
集英社オレンジ文庫編集部 気付
きりしま志帆先生

新米占い師はそこそこ当てる

集英社
オレンジ文庫

2020年10月26日　第1刷発行

著　者　きりしま志帆
発行者　北畠輝幸
発行所　株式会社集英社
〒101-8050東京都千代田区一ツ橋2-5-10
電話【編集部】03-3230-6352
【読者係】03-3230-6080
【販売部】03-3230-6393（書店専用）
印刷所　図書印刷株式会社

※定価はカバーに表示してあります

ISBN 978-4-08-680347-2 C0193